中國語言文字研究輯刊

四 編

許錟輝 主編

第 6 冊

商代青銅器銘文集目

譚步雲 著

花木蘭文化出版社

國家圖書館出版品預行編目資料

商代青銅器銘文集目／譚步雲 著 — 初版 — 新北市：花木蘭
文化出版社，2012〔民 101〕
目 0+182 面：21×29.7 公分
（中國語言文字研究輯刊　四編；第 6 冊）
ISBN：978-986-322-215-6（精裝）
1. 金文　2. 目錄
802.08　　　　　　　　　　　　　　　102002762

ISBN-978-986-322-215-6

9 789863 222156

中國語言文字研究輯刊
四　編　　第　六　冊　　　　ISBN：978-986-322-215-6

商代青銅器銘文集目

作　　者　譚步雲
主　　編　許錟輝
總 編 輯　杜潔祥
出　　版　花木蘭文化出版社
發 行 所　花木蘭文化出版社
發 行 人　高小娟
聯絡地址　235 新北市中和區中安街七二號十三樓
　　　　　電話：02-2923-1455／傳眞：02-2923-1452
網　　址　http://www.huamulan.tw 信箱 sut81518@gmail.com
印　　刷　普羅文化出版廣告事業
初　　版　2013 年 3 月
定　　價　四編 14 冊（精裝）新台幣 32,000 元　　　　版權所有·請勿翻印

商代青銅器銘文集目

譚步雲　著

作者簡介

譚步雲，1953 年 9 月出生，廣東南海人，曾用筆名「凌虛」，1979 年 9 月考入廣州中山大學中文系，1983 年 7 月，獲文學學士學位，旋即任教於廣東民族學院中文系，先後擔任「寫作」、「外國文學」等本科課程的教學。1985 年 9 月考入廣州中山大學中文系攻讀古文字學碩士學位課程，導師為陳煒湛教授，1988 年 7 月憑《甲骨文時間狀語的斷代研究——兼論〈甲骨文合集〉第七冊的甲骨文的時代》一文獲碩士學位。1988 年 7 月任職于廣州中山大學古文獻研究所，從事古代典籍的整理研究工作。1995 年 9 月免試進入廣州中山大學中文系攻讀古文字學博士學位課程，導師為曾憲通教授，1998 年 7 月憑《先秦楚語詞匯研究》一文獲博士學位。1998 年初調至廣州中山大學中文系任教，擔任「古漢語」、「漢字之文化研究」、「先秦經典導讀」、「古文字學」、「甲骨文字研究」等本科生和碩士研究生課程的教學，並從事古漢語、古文字、文史、方言、地方文獻等研究工作。合撰、獨撰《清車王府藏曲本子弟書全集》、《車王府曲本菁華》（隋唐宋卷）、《嶺南文學史》、《實用廣州話分類詞典》、《老莊精萃》、《論語精萃》等著作十三部，學術論文三十餘篇。1991 年晉陞為講師，1997 年晉陞為副教授。

提　要

　　1917 年，羅振玉撰《殷文存》，第一次把商代有銘青銅器別為一編。嗣後，王辰撰《續殷文存》（1935 年），補羅氏所未及者。二書收商代有銘青銅器凡 2332 件。為商代金文、商代文史的研究以及與殷墟甲骨文的比較研究奠定了良好的基礎。此後，商代有銘青銅器每有發現。青銅器銘文的煌煌巨著《殷周金文集成（1984-1994 年）共收 11983 器，其中可確定為商器者超過四千。加上《近出殷周金文集錄》（2002 年）、《流散歐美殷周有銘青銅器集錄》（*A Selection of Early Chinese Bronges from Sotheby's and Christies's Sales*, 2007）及《近出殷周金文集錄二編》（2010 年），商代有銘青銅器凡 5357 件（其中同銘異器者 1269 件）。數量如此巨大的商代文字材料，卻由於編撰體例所限而不利於使用。因此，為商代金文、商代文史的研究以及與殷墟甲骨文的比較研究計，實在有必要另出一商代金文集錄。最起碼的，應有一個類似於索引的集目，以便學者。基於此，是書採上引四集所載，裒為一表，既可用作撰集商代金文的素材，也可用作檢索或商金文閱讀文本。

凡　例

一，本表裒輯散見于《殷周金文集成》等著錄中的商代有銘青銅器，以方便學
　　者進行商代歷史、商代語言等研究。

二，本表祇收錄斷代明確的商代銘文，疑似之間者一概不用。精確者斷至某王
　　某世，餘者則泛作「殷商」，或以前、中、後別之。

三，同銘多器且可能爲一家之物者一般祇錄一銘，而在器名後括注器皿數量。

四，原篆可以隸定者儘量隸定；不能隸定者則摹出原形；缺字以□代替。

五，備注欄用以標注銅器來源以及本表著者的文字考釋或意見。

器名及數量	出　　　處	時　代	釋文及字數	備　註
鳶鐃	《集成》359	殷	鳶（1字）	
鐃	《集成》360	殷	（1字）	傳出安陽。
鐃	《集成》361	殷	（1字）	
鐃（3器）	《集成》362〜364	殷	（1字）	出安陽
匿鐃（2器）	《集成》365、366	殷	匿（1字）	出安陽
中鐃（5器）	《集成》367〜371	殷	中（1字）	出殷墟
史鐃（2器）	《集成》372、373	殷	史（1字）	
受鐃	《集成》374	殷	受（1字）	
宁鐃	《集成》375	殷	宁（1字）	
舌鐃	《集成》376	殷	舌（1字）	
粊鐃（3器）	《集成》377〜379	殷	業（1字）	粊古業字
亞矣鐃（3器）	《集成》380〜382	殷	亞矣（2字）	矣古疑字。380、381出安陽。
亞弜鐃（2器）	《集成》383、384	武丁〜	亞弜（2字）	出殷墟婦好墓
亞夫鐃	《集成》385	殷	亞夫（2字）	出安陽。
亞寰鐃	《集成》386	殷	亞寰（2字）	
亞鐃	《集成》387	殷	亞（2字）	出安陽。
北單鐃（3器）	《集成》388〜390	殷	北單（2字）	
鐃	《集成》391	殷	（2字）	
夫冊鐃	《集成》392	殷	夫冊（2字）	
黃啟鐃（2器）	《集成》393、394	殷	廣啟（2字）	黃古廣字
鐃（3器）	《集成》395〜397	殷	（2字）	395出安陽。
亞鐃	《集成》398	殷	亞（3字）	
亞嬲嬭鐃	《集成》399	殷	亞嬲嬭（3字）	嬲或作醜
爾見冊鐃（3器）	《集成》400〜402	殷	爾見冊（3字）	
亞畞左鐃	《集成》403	殷	亞畞左（3字）	
隻子鐃	《集成》404	殷	隻子（3字）	

器名及數量	出　　處	時　代	釋文及字數	備　註
亞仈姍鐃（3器）	《集成》405～407	殷	亞仈姍（3字）	出殷墟大司空村。
魚乙正（3器）	《集成》408～410	殷	魚乙正（3字）	
亞丂父己鐃	《集成》411	殷	亞丂父己（4字）	
匕辛鐃	《集成》412	殷	禾涉大未匕辛（6字）	出安陽。
亞矣鈴（3器）	《集成》413～415	殷	亞矣（2字）	矣古疑字。413、415 出安陽
魚鬲	《集成》441	殷	魚（1字）	
東鬲	《集成》442	殷	東（1字）	
𤔔鬲	《集成》443	殷	𤔔（1字）	
羧鬲	《集成》444	殷	羧（1字）	
𡊁鬲	《集成》445	殷	𡊁（1字）	
𡗣鬲	《集成》446	殷	𡗣（1字）	
𠂤鬲	《集成》447	商二里崗	𠂤（1字）	
史鬲	《集成》448	殷	史（1字）	
奴鬲	《集成》449	殷	奴（1字）	
亞徹鬲	《集成》456	殷	亞徹（2字）	
𡙡母鬲	《集成》461	殷	虞母（2字）	𡙡古虞字
婦豸鬲	《集成》463	殷	婦豸（2字）	豸字原無隸定。
𠔼癸鬲	《集成》467	殷	𠔼癸（2字）	
史秦鬲	《集成》468	殷	史秦（2字）	
亞□其鬲	《集成》472	殷	亞□其（3字）	
𡥀且癸鬲	《集成》473	殷	𡥀且癸（3字）	
鳥父乙鬲	《集成》476	殷	鳥父乙（3字）	
重父丙鬲	《集成》478	殷	重父丙（3字）	
𡙡父己鬲	《集成》481	殷	𡙡父己（3字）	
𤰠父己鬲	《集成》482	殷	𤰠父己（3字）	

器名及數量	出　　處	時 代	釋文及字數	備　註
冄父癸鬲	《集成》483	殷	冄父癸（3字，器蓋同銘）	冄字原無釋
[illegible]母辛鬲	《集成》484	殷	[illegible]母辛（3字）	
亞[illegible]母鬲	《集成》485	殷	亞[illegible]母（3字）	1972年出甘肅涇川
齊婦鬲	《集成》486	殷	齊婦業（3字）	業字原作[illegible]
眉子鬲	《集成》487	殷	眉壬子（3字）	1964年出山東滕縣
鳥宁且癸鬲	《集成》496	殷	鳥宁且癸(4字)	
[illegible]丏父丁鬲	《集成》499	殷	[illegible]丏父丁（4字）	1970年出安陽
亞牧父戊鬲	《集成》502	殷	亞牧父戊(4字)	
亞獏父戊鬲	《集成》503	殷	亞獏父戊(4字)	
亞[illegible]母乙鬲	《集成》505	殷	亞[illegible]母乙(4字)	
且辛父甲鬲	《集成》538	殷	束[illegible]且辛父甲（6字）	
亞从父丁鬲	《集成》539	殷	亞从父丁鳥宁（6字）	
卸鬲	《集成》741	殷	庚寅卸□才[illegible]王光□卸貝用乍父丁（？）彝術亞（存19字）	卸字原無釋，或以爲卸字。
好甗（3器）	《集成》761～762	武丁～	好（1字）	1976年出安陽
戈甗（3器）	《集成》765～767	殷	戈（1字）	767于1955年出陝西岐山
[illegible]甗	《集成》769	殷	[illegible]（1字）	
冄甗	《集成》774	殷	冄（1字）	冄字原作[illegible]
正甗	《集成》776	殷	正（1字）	1976年出安陽
[illegible]甗	《集成》777	殷	[illegible]（1字）	
[illegible]甗	《集成》778	殷	[illegible]（1字）	
戊甗	《集成》779	殷	戊（1字）	原無釋
[illegible]甗	《集成》780	殷	[illegible]（1字）	

器名及數量	出　　處	時　代	釋文及字數	備　註
木甗	《集成》781	殷	木（1字）	
弔甗	《集成》782	殷	弔（1字）	弔字原作叔
𣎳甗	《集成》784	殷	𣎳（1字）	1963年出山東蒼山。原無隸定
弓甗	《集成》785	殷	弓（1字）	1976年出甘肅靈臺
𠆢甗	《集成》786	商中期	𠆢（1字）	出山西長子
亞矣甗	《集成》789	殷	亞矣甗（2字。原作1字）	矣古疑字
夲甗（2器）	《集成》790、791	殷	夲（1字）	或作夸
宁堻甗	《集成》792	殷中期	宁堻（2字）	堻，古墉字。1981年出內蒙古昭烏達盟
婦好三聯甗	《集成》793	武丁～	婦好（2字）	1976年出婦好墓
婦好分體甗	《集成》794	武丁～	婦好（2字）	1976年出婦好墓
羑婦甗	《集成》795	殷	羑婦（2字）	羑古美字
黃擔甗	《集成》796	殷	黃擔（2字）	黃古廣字。擔原隸定稍異
戈⋈甗	《集成》797	殷	戈⋈（2字）	⋈疑亦"五"字
且丁甗	《集成》798	殷	且丁（2字）	
父乙甗	《集成》800	殷	父乙（2字）	
父己甗	《集成》801	殷	父己（2字）	己原誤作巳
米繭甗	《集成》804	殷	米繭（2字）	
守父乙甗	《集成》813	殷	守父乙（3字）	
龝父己甗	《集成》815	殷	龝父己（3字）	龝疑亦令字
腐父己甗	《集成》816	殷	腐父己（3字）	1974年出陝西扶風
爰父癸甗	《集成》824	殷	爰父癸（3字）	
司龝母甗	《集成》825	武丁～	后龝母（3字）	司字宜作后
奐母癸甗	《集成》826	殷	奐母癸（3字）	

器名及數量	出　　處	時　代	釋文及字數	備　註
子父乙甗	《集成》838	殷	子父乙犬（4字）	
得父己甗	《集成》844	殷	得亞父己（4字）	似應讀爲父己得亞
㠯作父辛甗	《集成》845	殷	㠯乍父辛（4字）	
筍戉父癸甗	《集成》846	殷	筍戉父癸（4字）	筍古籚字
彭女甗	《集成》856	殷	彭女彝卅（4字）	
子商甗	《集成》866	殷	子商亞𦥑乙（5字）	
商婦甗	《集成》867	殷	商婦乍彝廣（5字）	廣字古作𡕨
鞏妊甗	《集成》877	殷	鞏妊臘□𢆰（5字）	
亞朢作季尊彝甗	《集成》886	殷	亞朢乍季尊彝（6字）	朢或作醜
𪓰作婦姑甗	《集成》891	殷	𪓰作婦姑𪓟彝（6字）	𪓰原作奄
婦闌甗	《集成》922	殷	婦闌乍文姑日癸尊彝廣（10字）	廣字古作𡕨
𦥑匕	《集成》966	殷	𦥑（1字）	
亞𦥑匕	《集成》968	殷	亞𦥑（2字，正反面同銘）	
父鼎	《集成》984	殷	父（1字）	
丁鼎	《集成》986	殷	丁（1字）	1952年出安陽
膚鼎（2器）	《集成》987、988	殷	膚（1字）	
辛鼎	《集成》989	殷	辛（1字）	
亏鼎	《集成》990	殷	亏（1字）	
天鼎	《集成》991	殷	天（1字）	
天鼎	《集成》992	殷	天（1字）	原無釋，實亦天。出陝西綏德。
卩鼎	《集成》993	殷	卩（1字）	原無釋

器名及數量	出　　　處	時　代	釋文及字數	備　註
見鼎	《集成》994	殷	見（1字）	傳出安陽
好鼎	《集成》999	武丁～	好（1字）	1976年出婦好墓
竟鼎	《集成》1000	殷	竟（1字）	
保鼎（2器）	《集成》1001～1002	殷	保（1字）	
重鼎（2器）	《集成》1003～1004	殷	重（1字）	
嬰鼎（3器）	《集成》1005～1007	殷	嬰（1字）	或作嬰，原未隸定
犾鼎（2器）	《集成》1008～1009	殷	犾（1字）	
何鼎	《集成》1010	殷	何（1字）	出安陽
伐鼎	《集成》1011	殷	伐（1字）	
𡘙鼎	《集成》1012	殷	𡘙（1字）	
卬鼎	《集成》1013	殷	卬（1字）	出殷墟
化鼎	《集成》1014	殷	化（1字）	
付鼎	《集成》1016	殷	付（1字）	
𢽥鼎（2器）	《集成》1017、1018	殷	𢽥（1字）	
堯鼎（4器）	《集成》1020～1023	殷	堯（1字）	堯原作㚣
黃鼎	《集成》1024	殷	黃（1字）	疑亦光
光鼎	《集成》1025	殷	光（1字）	
𠂤鼎	《集成》1027	殷	𠂤（1字）	
𡗗鼎	《集成》1028	殷	𡗗（1字）	
㑣鼎	《集成》1029	殷	㑣（1字）	
先鼎	《集成》1030	殷	先（1字）	1932年出安陽
𢎺鼎	《集成》1031	殷	𢎺（1字）	出安陽
𣎑鼎	《集成》1032	殷	𣎑（1字）	
而鼎	《集成》1033	殷	而（1字）	原無釋
美鼎	《集成》1034	殷	美（1字）	疑美字

器名及數量	出　　處	時　代	釋文及字數	備　註
屰鼎（2器）	《集成》1035、1036	殷	屰（1字）	
𠂔鼎	《集成》1041	殷	𠂔（1字）	
子鼎（4器）	《集成》1042～1045	殷	子（1字）	1044 出安陽
囷鼎（2器）	《集成》1047、1048	殷	囷（1字）	
出鼎	《集成》1050	殷	出（1字）	
旋鼎	《集成》1051	殷	旋（1字）	
韋鼎	《集成》1052	殷	韋（1字）	原無釋。從口從四止
𤰇鼎（4器）	《集成》1053～1056	殷	𤰇（1字）	
𤰇鼎（3器）	《集成》1057～1059	殷	𤰇（1字）	1057 出安陽
正鼎（2器）	《集成》1060、1061	殷	正（1字）	1060 于 1935 年出安陽西北崗
徙鼎	《集成》1062	殷	徙（1字）	
徙方鼎	《集成》1063	殷	徙（1字）	1968 年出河南溫縣
囗鼎	《集成》1064	殷	囗（1字）	
〇鼎	《集成》1065	殷	〇（1字）	或作圓。傳出安陽
得鼎（2器）	《集成》1066、1067	殷	得（1字）	1066 傳出安陽
妥鼎	《集成》1068	殷	妥（1字）	
奴鼎	《集成》1069	殷	奴（1字）	
羞鼎（2器）	《集成》1070、1071	殷	羞（1字）	
羞方鼎	《集成》1072	殷	羞（1字）	
史鼎（16器）	《集成》1073～1088	殷	史（1字）	1078 出安陽
隻鼎	《集成》1089	殷	隻（1字）	亦見于甲骨文，或系羅之異文
廾鼎	《集成》1091	殷	廾（1字）	
叉鼎	《集成》1090	殷	叉（1字）	
奔方鼎	《集成》1092	殷	奔（1字）	

器名及數量	出　　　處	時　代	釋文及字數	備　　註
嬰鼎（3 器）	《集成》1093～1095	殷	嬰（1 字）	
守鼎	《集成》1096	殷	守（1 字）	1976 年出河北藁城
左鼎	《集成》1097	殷	左（1 字，左右耳同銘）	
共鼎	《集成》1098	殷	共（1 字）	原無釋。出殷墟
聿鼎	《集成》1099	殷	聿（1 字）	
專鼎	《集成》1100	殷	專（1 字）	
受鼎	《集成》1101	殷	受（1 字）	
牛方鼎	《集成》1102	殷	牛（1 字）	1935 年出安陽西北崗
羊鼎（2 器）	《集成》1105、1106	殷	羊（1 字）	
羍鼎（3 器）	《集成》1107～1109	殷	羍（1 字）	
鹿方鼎	《集成》1110	殷	鹿（1 字）	1935 年出安陽西北崗
豕鼎（4 器）	《集成》1113～1116	殷	豕（1 字）	豕原作豖
夒鼎（2 器）	《集成》1117、1118	殷	夒（1 字）	1118 傳出安陽一帶
鳥形銘鼎（2 器）	《集成》1120、1121	殷	鳥（1 字）	
隻鼎	《集成》1122	殷	隻（1 字）	
鳶鼎（2 器）	《集成》1123、1124	殷	鳶（1 字）	
漁鼎	《集成》1125	殷	漁（1 字）	銘文作雙手提魚狀，爲漁之古字。《金文編》卷十一即釋漁，謂从魚从廾，以手捕魚也
魚鼎（2 器）	《集成》1126、1127	殷	魚（1 字）	1126 出安陽西北崗
魚鼎	《集成》1128	殷	魚（1 字）	原無釋
𩵋鼎	《集成》1129	殷	𩵋（1 字）	

器名及數量	出　　處	時 代	釋文及字數	備　註
龜形銘鼎	《集成》1130	殷早	龜（1字）	1977年出北京平谷縣劉家阿二里岡期墓葬
鼎（2器）	《集成》1131、1132	殷	（1字）	原作奄黽
萬鼎	《集成》1134	殷	萬（1字）	
枛鼎	《集成》1135	殷	枛（1字）	出安陽西北崗
鼎	《集成》1136	殷	（1字）	
鼎	《集成》1137	殷	（1字）	傳 1933 年前出安陽
鼎	《集成》1138	殷	（1字）	
鼎	《集成》1140	殷	（1字）	出山東長清
鼎	《集成》1141	殷	（1字）	
倉鼎	《集成》1142	殷	倉（1字）	
爵鼎	《集成》1143	殷	爵（1字）	原無釋。或作爵
亞鼎（2器）	《集成》1145、1147	殷	亞（1字）	
舟鼎	《集成》1148	殷	舟（1字）	
車鼎	《集成》1150	殷	車（1字）	
鼎（2器）	《集成》1151、1152	殷	（1字）	
鼎	《集成》1153	殷	（1字）	
鼎	《集成》1157	殷	（1字）	
鼎（2器）	《集成》1158、1159	殷	（1字）	
鼎	《集成》1160	殷	（1字）	
鼎	《集成》1161	殷	（1字）	
方鼎	《集成》1162	殷	（1字）	1976年出山西靈石
方鼎（2器）	《集成》1163、1164	殷	（1字）	
鼎	《集成》1165	殷	（1字）	傳安陽出土
宁鼎	《集成》1166	殷	宁（1字）	
貯鼎	《集成》1167	殷	貯（1字）	

器名及數量	出　　　處	時　代	釋文及字數	備　　註
買鼎	《集成》1168	殷	買（1字）	
🌂鼎（5器）	《集成》1169～1173	殷	🌂（1字）	
盇鼎	《集成》1174	殷	盇（1字）	
壹鼎	《集成》1175	殷	壹（1字）	
冄鼎（6器）	《集成》1176、1178～1182	殷	冄（1字）	原無釋。1176 出安陽西北崗
鼎鼎（3器）	《集成》1188～1190	殷	鼎（1字）	1190 出陝西鳳翔
鼎	《集成》1191	殷	（1字）	
勺方鼎	《集成》1193	殷	勺（1字）	
戈鼎（11器）	《集成》1195～1207	殷	戈（1字）	
戜鼎（2器）	《集成》1208、1210	殷	戜（1字）	
戠鼎	《集成》1211	殷	戠（1字）	1976 年出殷墟
爻鼎	《集成》1212	殷	爻（1字）	
戉鼎	《集成》1213	殷	戉（1字）	原作🔸，未隸定
笱鼎	《集成》1215～1216	殷	笱（1字）	笱古箙字
舌方鼎	《集成》1220	殷	舌（1字）	出安陽
舌鼎	《集成》1221	殷	舌（1字）	
耳鼎	《集成》1222	殷	耳（1字）	
卯鼎	《集成》1223	殷	卯（1字）	
凵鼎	《集成》1224	殷	凵（1字）	
息鼎（3器）	《集成》1225～1227	殷	息（1字）	當作四（泗）本字。1980 年出河南羅山
霝鼎（2器）	《集成》1228、1229	殷	霝（1字）	
浴鼎	《集成》1230	殷	浴（1字）	原作盥。象人沐浴于盆之狀。出殷墟
主鼎	《集成》1235	殷	主（1字）	
鼎	《集成》1237	殷	（1字）	得于鄴郡漳水之濱

器名及數量	出　　處	時　代	釋文及字數	備　註
𤰔方鼎	《集成》1238	殷	𤰔（1字）	
臼鼎	《集成》1244	殷	臼（1字）	
束鼎（3器）	《集成》1245～1247	殷	束（1字）	1246 得于京師
𣏾鼎	《集成》1248	殷	𣏾（1字）	
且乙鼎（2器）	《集成》1251、1252	殷	且乙（2字）	
且戊鼎	《集成》1253	殷	且戊（2字）	
父丁鼎	《集成》1255	殷	父丁（2字）	
父戊鼎（2器）	《集成》1257、1258	殷	父戊（2字）	
父戊方鼎	《集成》1259	殷	父戊（2字）	
父己鼎（3器）	《集成》1263、1264、1266	殷	父己（2字）	
父己方鼎	《集成》1265	殷	父己（2字）	出安陽
父辛鼎（3器）	《集成》1267～1269	殷	父辛（2字）	
壬父鼎	《集成》1272	殷	壬父（2字）	
父癸方鼎	《集成》1275	殷	父癸（2字）	
父癸鼎	《集成》1276	殷	父癸（2字）	
文父方鼎	《集成》1280	殷	文父（存2字）	
母乙鼎	《集成》1281	殷	母乙（2字）	
癸母鼎	《集成》1282	殷	癸母（2字）	
乙丰鼎	《集成》1284	殷	乙丰（2字）	得于鄞郡亶甲城
酉乙鼎	《集成》1285	殷	酉乙（2字）	
酋乙鼎	《集成》1286	殷	酋乙（2字）	首字原無釋
乙戎鼎	《集成》1287	殷	乙戎（2字）	
丁鼎	《集成》1288	殷	丁𦫵（2字）	𦫵字古作𦥑
丁𦥑鼎	《集成》1289	殷	丁𦥑（2字）	
弔丁鼎	《集成》1290	殷	弔丁（2字）	
𢀕戊鼎	《集成》1291	殷	𢀕戊（2字）	
己𦥑鼎	《集成》1292	殷	己𦥑（2字）	

器名及數量	出　　處	時　代	釋文及字數	備　註
己𡨥鼎	《集成》1294	殷	己𡨥（2字）	𡨥字原無隸定
𡨥己鼎	《集成》1295	殷	𡨥己（2字）	𡨥字原無隸定
辜南鼎	《集成》1297	殷	辜南（2字）	南作🔺，與甲骨文同。原釋青，誤
🔺辛鼎	《集成》1298	殷	🔺辛（2字）	
正癸鼎	《集成》1300	殷	正癸（2字）	
子妥鼎（5器）	《集成》1301～1305	殷	子妥（2字）	1304妥字寫法近奴
子轟鼎（3器）	《集成》1306～1308	殷	子轟（2字）	1308出河南輝縣
子鄙鼎	《集成》1309	殷	子鄙（2字）	鄙字原無釋
子韋鼎（2器）	《集成》1311、1312	殷	子韋（2字）	韋字從口從四止
子憂鼎	《集成》1313	殷	子憂（2字）	
子憂方鼎	《集成》1314	殷	子憂（2字）	出陝西寶鷄
子乙鼎	《集成》1315	殷	子乙（2字）	
子戊鼎	《集成》1316	殷	子戊（2字）	
子癸鼎	《集成》1317	殷	子癸（2字）	
子🔺鼎	《集成》1319	殷	子🔺（2字）	傳出河南洛陽
婦好鼎（17器）	《集成》1320～1336	武丁～	婦好（2字）	1976年出婦好墓
婦好方鼎（2器）	《集成》1337～1338	武丁～	婦好（2字）	1976年出婦好墓
婦好帶流鼎	《集成》1339	武丁～	婦好（2字）	1976年出婦好墓
婦旋鼎	《集成》1340	殷	婦旋（2字）	
盉婦鼎	《集成》1344	殷	盉婦（2字）	
保🔺鼎	《集成》1350	殷	保🔺（2字）	
腐冊鼎	《集成》1355	殷	腐冊（2字）	
冊屶鼎	《集成》1356	殷	冊屶（2字）	屶字原作🔺，或釋屶
𢆶冊鼎	《集成》1357	殷	𢆶冊（2字）	

器名及數量	出　　　處	時　代	釋文及字數	備　註
韋典鼎	《集成》1358	殷	韋典（2字）	韋字从口从四止。典字原無釋
叀冊鼎	《集成》1360	殷	叀冊（2字）	
美宁鼎	《集成》1361	殷	美宁（2字）	
鄉宁鼎（3器）	《集成》1362～1364	殷	卿宁（2字）	1362 于 1930 年左右出安陽。鄉宜作卿。
棶宁鼎	《集成》1365	殷	棶宁（2字）	棶原作"茢"
酉宁鼎	《集成》1366	殷	酉宁（2字）	
父宁鼎	《集成》1367	殷	父宁（2字）	
告宁鼎	《集成》1368	殷	告宁（2字）	1969～77 出殷墟
夲旅鼎	《集成》1370	殷	夲旅（2字）	
夲旅方鼎	《集成》1371	殷	夲旅（2字）	
左羑鼎	《集成》1372	殷	左羑（2字）	
雧冊鼎（4器）	《集成》1373～1376	殷	雧冊（2字）	
陝母射鼎（3器）	《集成》1377～1379	殷	陝母射（3字）	原作射女 2 字。失陝。誤
冉岽鼎（4器）	《集成》1381～1384	殷	冉岽（2字）	冉字原作冈，岽字原作𡚼
乙冉鼎	《集成》1385	殷	乙冉（2字）	冉字原作冈
丁冉方鼎	《集成》1386	殷	丁冉（2字）	冉字原作冈
己冉鼎	《集成》1388	殷	己冉（2字）	冉字原作冈。1962 年出湖南寧鄉
冉辛鼎（2器）	《集成》1389、1390	殷	冉辛（2字）	冉字原作冈
癸冉方鼎（2器）	《集成》1391、1392	殷	癸冉（2字）	冉字原作冈
亞弜鼎（8器）	《集成》1393～1400	武丁～	亞弜（2字）	1400 出婦好墓
亞豕鼎	《集成》1401	殷	亞豕（2字）	
亞守鼎	《集成》1402	殷	亞守（2字）	出殷墟西北崗。守字原無釋

器名及數量	出　　處	時　代	釋文及字數	備　註
攀亞鼎	《集成》1404	殷	攀亞（2字）	攀字原無釋
亞絆鼎	《集成》1405	殷	亞絆（2字）	
亞舟鼎（2器）	《集成》1406、1407	殷	亞舟（2字）	
亞厷方鼎	《集成》1409	殷	亞厷（2字）	
亞告鼎（2器）	《集成》1410、1411	殷	亞告（2字）	
亞卯鼎	《集成》1413	殷	亞卯（2字）	
亞龠鼎（2器）	《集成》1416、1417	殷	亞龠（2字）	
亞骰鼎	《集成》1418	殷	亞骰（2字）	骰字原無釋
亞𤔲鼎（2器）	《集成》1419、1420	殷	亞𤔲（2字）	
亞隔鼎（2器）	《集成》1421、1422	殷	亞隔（2字）	隔字原無釋
亞寏鼎	《集成》1423	殷	亞寏（2字）	
亞寏止鼎	《集成》1424	殷	亞寏止（3字）	原作2字
亞矣鼎（6器）	《集成》1426～1431	殷	亞矣（2字）	矣古疑字
亞矣方鼎	《集成》1432	殷	亞矣（2字）	矣古疑字
亞酖鼎（5器）	《集成》1434～1437	殷	亞酖（2字）	酖或作醜
亞酖方鼎（8器）	《集成》1438～1445	殷	亞酖（2字）	酖或作醜
亞⬚鼎	《集成》1446	殷	亞⬚（2字）	出陝西長安
亞戈鼎	《集成》1447	殷	亞戈（2字）	
弓羣方鼎	《集成》1449	殷	弓羣（2字）	
冬刃鼎（3器）	《集成》1450～1452	殷	冬刃（2字）	⬚或釋亡冬，即無終。傳出安陽
矢宁鼎	《集成》1453	殷	矢宁（2字）	
含宁鼎	《集成》1454	殷	含宁（2字）	
車⬚鼎	《集成》1455	殷	車⬚（2字）	
車⬚鼎	《集成》1456	殷	車⬚（2字）	
尹舟鼎	《集成》1458	殷	尹舟（2字）	
佣舟鼎	《集成》1459	殷	佣舟（2字）	佣字原作⬚

器名及數量	出　　處	時　代	釋文及字數	備　註
聑儞鼎	《集成》1462	殷	聑儞（2字）	
羊𡕥鼎	《集成》1463	殷	羊𡕥（2字）	
⚘⚘鼎	《集成》1466	殷	⚘⚘（2字）	
⚘⚘鼎	《集成》1467	殷	⚘⚘（2字）	1958 年出安陽
弔龜鼎（2器）	《集成》1468、1469	殷	弔龜（2字）	
⚘戈鼎	《集成》1470	殷	⚘戈（2字）	
己⚘鼎	《集成》1471	殷	己⚘（2字）	
大禾方鼎	《集成》1472	殷	大禾（2字）	出湖南寧鄉
⚘鼎	《集成》1474	殷	⚘（2字）	出河南輝縣
守雺鼎	《集成》1475	殷	守雺（2字）	雺字原作𩂂
得鼎鼎	《集成》1476	殷	得鼎（2字）	釋文脫鼎字
叉宁鼎	《集成》1477	殷	叉宁（2字）	
宁叉鼎	《集成》1478	殷	宁叉（2字）	
盙主鼎（2器）	《集成》1479、1480	殷	盙主（2字）	主字原作✦，無釋
交鼎鼎	《集成》1481	殷	交鼎（2字）	
告田鼎（2器）	《集成》1482、1483	殷	告田（2字）	
◇⚘鼎	《集成》1487	殷	◇⚘（2字）	
⚘嬞鼎	《集成》1488	殷	⚘嬞（2字）	
徹鼎	《集成》1490	殷	徹虞（2字）	虞古字作⚘
義安干鼎	《集成》1498	殷	義安干（3字）	原作⚘鼎，誤
⚘鼎	《集成》1501	殷	⚘（2字）	
戈且辛鼎	《集成》1511	殷	戈且辛（3字）	
象且辛鼎	《集成》1512	殷	象且辛（3字）	
戈且癸鼎	《集成》1513	殷	戈且癸（3字）	
戈匕辛鼎	《集成》1515	殷	戈匕辛（3字）	
⚘父甲鼎	《集成》1521	殷	虞父甲（3字）	虞古字作⚘

器名及數量	出　　　處	時代	釋文及字數	備　註
🔺父甲鼎	《集成》1522	殷	🔺父甲（3字）	
𡥞父乙方鼎（2器）	《集成》1523、1524	殷	廣父乙（3字）	廣字古作𡥞
𡥞父乙鼎（3器）	《集成》1525～1527	殷	廣父乙（3字）	廣字古作𡥞
冊父乙鼎	《集成》1533	殷	冊父乙（3字）	出殷墟。
子父乙鼎	《集成》1534	殷	子父乙（3字）	
息父乙鼎	《集成》1535	殷	息父乙（3字）	出河南羅山商墓。息當四（泗）之本字
堯父乙鼎	《集成》1536	殷	堯父乙（3字）	
𣫏父乙鼎	《集成》1537	殷	𣫏父乙（3字）	𣫏字原無隸定
筍父乙鼎	《集成》1539	殷	筍父乙（3字）	筍古箙字
⟨⟩父乙鼎	《集成》1541	殷	⟨⟩父乙（3字）	
父乙冉鼎	《集成》1545	殷	父乙冉（3字）	冉字原作⟨⟩
父乙鼎方鼎	《集成》1546	殷	父乙鼎（3字）	
父乙鼎鼎	《集成》1547	殷	父乙鼎（3字）	
魚父乙鼎	《集成》1552	殷	魚父乙（3字）	
黿父乙鼎（3器）	《集成》1556～1558	殷	黿父乙（3字）	黿字原作龕
爻父乙方鼎	《集成》1560	殷	爻父乙（3字）	
犬父丙鼎	《集成》1565	殷	犬父丙（3字）	
冉父丙鼎	《集成》1566	殷	冉父丙（3字）	冉字原作⟨⟩
龜父丙鼎	《集成》1569	殷	龜父丙（3字）	
𡥞父丁鼎	《集成》1572	殷	廣父丁（3字）	廣字古作𡥞
𡥞父丁方鼎	《集成》1573	殷	廣父丁（3字）	廣字古作𡥞
冉父丁鼎	《集成》1575	殷	冉父丁（3字）	冉字原作⟨⟩
父丁⟨⟩鼎	《集成》1576	殷	父丁⟨⟩（3字）	
🔺父丁方鼎（2器）	《集成》1578、1579	殷	🔺父丁（3字）	

器名及數量	出　　處	時 代	釋文及字數	備　註
[illegible]父丁鼎	《集成》1580	殷	[illegible]父丁（3字）	
[illegible]父丁方鼎	《集成》1581	殷	[illegible]父丁（3字）	
豙父丁鼎	《集成》1582	殷	豙父丁（3字）	豙原作[illegible]
黽父丁鼎	《集成》1584	殷	黽父丁（3字）	
何父丁方鼎	《集成》1591	殷	何父丁（3字）	
韋父丁鼎	《集成》1594	殷	韋父丁（3字）	韋字从口从四止。原無釋
[illegible]父丁鼎	《集成》1595	殷	[illegible]父丁（3字）	
子父丁鼎	《集成》1596	殷	子父丁（3字）	
戈父丁鼎	《集成》1599	殷	戈父丁（3字）	
[illegible]父丁鼎	《集成》1600	殷	[illegible]父丁（3字）	
大父己鼎	《集成》1602	殷	大父己（3字）	
[illegible]父己鼎	《集成》1604	殷	[illegible]父己（3字）	
[illegible]父己鼎	《集成》1605	殷	[illegible]父己（3字）	[illegible]原作[illegible]
[illegible]父己鼎	《集成》1607	殷	[illegible]父己（3字）	
[illegible]父己鼎	《集成》1609	殷	[illegible]父己（3字）	
[illegible]父己方鼎	《集成》1610	殷	[illegible]父己（3字）	
[illegible]父己鼎	《集成》1611	殷	[illegible]父己（3字）	
[illegible]父己鼎	《集成》1612	殷	[illegible]父己（3字）	
[illegible]父己鼎	《集成》1613	殷	[illegible]父己（3字）	
[illegible]父己鼎（2器）	《集成》1614、1615	殷	[illegible]父己（3字）	
舌父己鼎	《集成》1616	殷	舌父己（3字）	
[illegible]父己鼎	《集成》1617	殷	[illegible]父己（3字）	
父己車鼎	《集成》1622	殷	父己車（3字）	
史父庚鼎	《集成》1623	殷	史父庚（3字）	
茍父庚鼎	《集成》1625	殷	茍父庚（3字）	茍古箙字
父庚[illegible]鼎	《集成》1628	殷	父庚[illegible]（3字）	

器名及數量	出　處	時代	釋文及字數	備　註
亞父辛鼎	《集成》1631	殷	亞父辛（3字）	出鳳翔
斐父辛鼎	《集成》1634	殷	斐父辛（3字）	
亦父辛鼎（2器）	《集成》1635、1636	殷	亦父辛（3字）	
獸父辛鼎	《集成》1640	殷	獸父辛（3字）	獸从單从雙犬
田父辛方鼎	《集成》1642	殷	田父辛（3字）	
剢父辛鼎	《集成》1644	殷	剢父辛（3字）	
父辛豻鼎	《集成》1645	殷	父辛豻（3字）	
囷父辛鼎	《集成》1647	殷	囷父辛（3字）	
冄父辛鼎（2器）	《集成》1651、1652	殷	冄父辛（3字）	冄字原作囟。1651出遼寧喀左
木父辛鼎	《集成》1654	殷	木父辛（3字）	
壺父辛鼎	《集成》1656	殷	壺父辛（3字）	
聑父辛鼎	《集成》1657	殷	聑父辛（3字）	
弓父辛鼎	《集成》1658	殷	弓父辛（3字）	
子父辛鼎	《集成》1661	殷	子父辛（3字）	
父辛蠱鼎	《集成》1662	殷	父辛蠱（3字）	
乍父辛鼎	《集成》1663	殷	乍父辛（3字）	出安陽
□父辛鼎	《集成》1664	殷	□父辛（3字）	
木父壬鼎	《集成》1665	殷	木父壬（3字）	
重父壬鼎	《集成》1666	殷	重父壬（3字）	出安陽
天父癸鼎	《集成》1667	殷	天父癸（3字）	
堯父癸鼎	《集成》1669	殷	堯父癸（3字）	堯原作㚻
羑父癸方鼎	《集成》1670	殷	羑父癸（3字）	羑古羑字
囷父癸鼎	《集成》1673	殷	囷父癸（3字）	
戈父癸鼎	《集成》1676	殷	戈父癸（3字）	
顅父癸方鼎	《集成》1677	殷	顅父癸（3字）	
酋父癸鼎	《集成》1679	殷	酋父癸（3字）	酋字原作冊，無釋

器名及數量	出　　處	時　代	釋文及字數	備　註
🜚父癸方鼎	《集成》1680	殷	🜚父癸（3字）	
⊞父癸鼎	《集成》1681	殷	⊞父癸（3字）	
黿父癸鼎（2器）	《集成》1682、1683	殷	黿父癸（3字）	黿字原作龜
鳥父癸鼎	《集成》1685	殷	鳥父癸（3字）	
共父癸鼎	《集成》1687	殷	共父癸（3字）	共字原作𢆶，無釋
娨父癸鼎（2器）	《集成》1688、1689	殷	娨父癸（3字）	
串父癸鼎	《集成》1693	殷	串父癸（3字）	
父癸川鼎	《集成》1694	殷	父癸川（3字）	
薋父癸鼎	《集成》1695	殷	薋父癸（3字）	薋字原未隸定
𢔅戈父鼎	《集成》1698	殷	𢔅戈父（3字）	
鄉乙宁鼎	《集成》1699	殷	卿乙宁（3字）	鄉宜作卿
鄉宁癸方鼎	《集成》1700	殷	卿宁癸（3字）	鄉宜作卿
鄉宁癸鼎	《集成》1701	殷	卿宁癸（3字）	鄉宜作卿
乙▼車方鼎	《集成》1702	殷	乙▼車（3字）	
司母戊方鼎	《集成》1706	殷	后母戊（3字）	出安陽武官。司宜作后
司母辛方鼎（2器）	《集成》1707、1708	祖庚祖甲	后母辛（3字）	出安陽殷墟。司宜作后
帚婡告鼎	《集成》1710	殷	帚婡告（3字）	出安陽。
黿帚方鼎	《集成》1711	殷	黿帚🜨（3字）	黿原作龜
舟冊帚鼎	《集成》1713	殷	舟冊帚（3字）	
子🌲鼎（2器）	《集成》1715、1716	殷	子🌲土（3字）	
子雨己鼎	《集成》1717	殷	子雨己（3字）	
屰子干鼎	《集成》1718	殷	屰子干（3字）	
□史己鼎	《集成》1736	殷	□史己（3字）	
冊🜨宅鼎	《集成》1737	殷	冊🜨宅（3字）	

器名及數量	出　　　處	時　代	釋文及字數	備　　註
左癸羖鼎	《集成》1738	殷	左癸羖（3字）	
又癸羖鼎	《集成》1739	殷	又癸羖（3字）	
亞受方鼎	《集成》1740	殷	亞受斿（3字）	
亞魚鼎	《集成》1741	殷	亞鳥魚（3字）	
北單戈鼎（4器）	《集成》1747～1750	殷	北單戈（3字）	
禹聑日鼎	《集成》1752	殷	禹聑日（3字）	聑字原作ℰ3，無釋
亞而丁鼎	《集成》1758	殷	亞而丁（3字）	而字原作𝌆，無釋
力鼎	《集成》1760	殷	𝌆𝌆力（3字）	
𣂟見冊鼎	《集成》1762	殷	𣂟見冊（3字）	
耳秉冊鼎	《集成》1763	殷	耳秉冊（3字）	冊字原作中，無釋
秉冊𝌆鼎	《集成》1764	殷	秉冊𝌆（3字）	冊字原作中，無釋
且丁巫□鼎	《集成》1813	殷	且丁巫□（4字）	巫原釋癸，非
亞鳥父甲鼎	《集成》1817	殷	亞鳥父甲（4字）	
亞𢦔父乙鼎	《集成》1818	殷	亞𢦔父乙（4字）	
亞齓父乙鼎	《集成》1819	殷	亞齓父乙（4字）	齓或作醜
亞厰父乙鼎	《集成》1820	殷	亞厰父乙（4字）	
𝌆冊父乙方鼎	《集成》1821	殷	𝌆冊父乙（4字）	
鄉宁父乙方鼎	《集成》1824	殷	卿宁父乙（4字）	鄉宜作卿
矢宁父乙方鼎	《集成》1825	殷	矢宁父乙（4字）	出岐山
子刀父乙方鼎	《集成》1826	殷	子刀父乙（4字）	
子鼎父乙鼎	《集成》1828	殷	子鼎父乙（4字）	

器名及數量	出　　處	時代	釋文及字數	備　註
[illegible]父乙乙鼎	《集成》1829	殷	[illegible]父乙乙（4字）	
冄宊父乙鼎	《集成》1830	殷	冄宊父乙（4字）	冄宊二字原作，無釋
耳衡父乙鼎（2器）	《集成》1834、1835	殷	耳衡父乙（4字）	
亞䣞父丙方鼎	《集成》1837	殷	亞䣞父丙（4字）	䣞或作醜
嬰父丁鼎	《集成》1838	殷	父丁嬰舟（4字）	嬰字原作，或釋嬰
亞䣞父丁方鼎（2器）	《集成》1839、1840	殷	亞䣞父丁（4字）	䣞或作醜
亞獖父丁鼎（3器）	《集成》1842～1844	殷	亞獖父丁（4字）	
亞犬父丁方鼎	《集成》1845	殷	亞犬父丁（4字）	
亞旋父丁鼎	《集成》1846	殷	亞旋父丁（4字）	
亞酉父丁鼎	《集成》1847	殷	亞酉父丁（4字）	
田告父丁鼎	《集成》1849	殷	田告父丁（4字）	
子羊父丁鼎	《集成》1850	殷	子羊父丁（4字）	
寧母父丁方鼎	《集成》1851	殷	寧母父丁（4字）	
耳衡父丁鼎	《集成》1853	殷	耳衡父丁（4字）	
庚豩父丁鼎	《集成》1855	殷	庚豩父丁（4字）	出安陽小屯西地。
[illegible]父丁冊鼎	《集成》1856	殷	[illegible]父丁冊（4字）	
尹舟父丁鼎	《集成》1857	殷	尹舟父丁（4字）	
父丁冊方鼎	《集成》1858	殷	父丁冊（4字）	
弓𦎫父丁方鼎	《集成》1859	殷	弓𦎫父丁（4字）	
季父戊子鼎	《集成》1862	殷	季父戊子（4字）	
角戊父字鼎	《集成》1864	殷	角戊父字（4字）	

器名及數量	出　　　處	時　代	釋文及字數	備　註
亞🐟父己鼎（2器）	《集成》1865、1866	殷	亞🐟父己（4字）	
父己亞𣱵方鼎	《集成》1867	殷	父己亞𣱵（4字）	𣱵或作醜
亞𢆶父己鼎	《集成》1868	殷	亞𢆶父己（4字）	
亞戈父己鼎	《集成》1869	殷	亞戈父己（4字）	
亞獸父己鼎	《集成》1870	殷	亞🐎父己（4字）	出渭南
亞㠱父己鼎	《集成》1871	殷	亞㠱父己（4字）	
小子父己方鼎	《集成》1874	殷	小子父己（4字）	出安陽
又𢦑父己鼎	《集成》1875	殷	又𢦑父己（4字）	
弓𡐕父己鼎	《集成》1876	殷	弓𡐕父己（4字）	
亞得父庚鼎	《集成》1880	殷	亞得父庚（4字）	
子刀父辛方鼎	《集成》1882	殷	子刀父辛（4字）	
亞𣱵父辛鼎	《集成》1884	殷	亞𣱵父辛（4字）	𣱵或釋醜
馬豕父辛鼎	《集成》1889	殷	馬豕父辛（4字）	
子𥂔父癸鼎	《集成》1891	殷	子𥂔父癸（4字）	
何父癸鼎（2器）	《集成》1893、1894	殷	何父癸□（4字）	末一字似爲寓
射獸父癸鼎	《集成》1895	殷	射🐎父癸（4字）	
衛天父癸鼎	《集成》1896	殷	衛天父癸（4字）	
冊腐父癸鼎	《集成》1897	殷	冊腐父癸（4字）	
冊𐎀父癸鼎	《集成》1898	殷	冊𐎀父癸（4字）	
父癸疋冊鼎	《集成》1900	殷	父癸疋冊（4字）	
聑而婦𢍽鼎	《集成》1904	殷	聑而帚𢍽（4字）	而字原無隸定，出輝縣
奄婦未于方鼎	《集成》1905	殷	奄帚未于（4字）	奄字原作奄

器名及數量	出　　處	時　代	釋文及字數	備　註
亞𤔲女子鼎	《集成》1909	殷	亞𤔲女子（4字）	
又𢦏父癸鼎	《集成》1939	殷	又𢦏父癸（4字）	
棘冊八辛鼎	《集成》1941	殷	棘冊八辛（4字）	棘字原作劦。八原無隸定
亞𡕥𤔲𦥑鼎	《集成》1944	殷	亞𡕥𤔲𦥑（4字）	
舌臣鼎	《集成》1959	殷	舌臣齒鷄（4字）	
盇且庚父辛鼎	《集成》1996	殷	盇且庚父辛（5字）	
亞共𡆥父甲鼎	《集成》1998	殷	亞共𡆥父甲（5字）	共字原無釋
馬羊𡕥父乙鼎	《集成》2000	殷	馬羊𡕥父乙（5字）	
西單光父乙鼎	《集成》2001	殷	西單光父乙（5字）	
辰行𣎴父乙鼎	《集成》2002	殷	辰行𣎴父乙（5字）	
作父乙𪔂鼎	《集成》2008	殷	乍父乙𪔂（4字，原作5字）	出安陽
丩冊作父戊鼎	《集成》2011	殷	丩冊乍父戊（5字）	丩冊二字原作𢆶𡘙，無釋
小子作父己鼎	《集成》2015	殷	小子乍父己（5字）	
小子作父己方鼎	《集成》2016	殷	小子乍父己（5字）	
子冊父辛鼎	《集成》2017	殷	子冊𡕥父辛（5字）	
子乍鼎盟彝鼎	《集成》2018	殷	子乍鼎盟彝（5字）	
𢼸兒戊父癸鼎	《集成》2019	殷	廣兒戊父癸（5字）	𢼸古廣字
𢼸母𦣻父癸鼎	《集成》2020	殷	廣母𦣻父癸（5字）	𢼸古廣字

器名及數量	出　　　處	時　代	釋文及字數	備　　註
𓏤母鼎	《集成》2026	殷	𓏤母乍山□（5字）	
亞寋鼎	《集成》2033	殷	亞寋孤竹𤔲（5字）	
亞白禾鼎	《集成》2034	殷	亞白禾甕乍（5字）	
竟鼎	《集成》2058	殷	竟乍垕寶彝（5字）	
且辛禹方鼎（2器）	《集成》2111、2112	殷	虞且辛禹亞□（6字）	虞字古作𢍏。出山東長清
犬且辛且癸鼎	《集成》2113	殷	犬且辛且癸言（6字）	
般作父乙方鼎	《集成》2114	殷	般乍父乙冊𥀫（6字）	
仌狄魚父乙鼎	《集成》2117	殷	仌狄魚父乙（5字，原作6字）	
疌作父丙鼎	《集成》2118	殷	疌弓𤔲乍父丙（6字）	
剌作父庚鼎	《集成》2127	殷	剌乍父庚尊彝（6字）	
子父癸鼎	《集成》2136	殷	刀系子𤔲父癸（6字）	
黿帚姑鼎	《集成》2137	殷	黿乍帚姑𤔲彝（6字）	黿原作奄
黿帚姑方鼎	《集成》2138	殷	黿乍帚姑𤔲彝（6字）	黿原作奄
亞𪔅𢗏𥀫乍母癸鼎	《集成》2262	殷	亞𪔅𢗏𥀫乍母癸（7字）	𢗏古疑字。出安陽
咸𦾔子乍且丁鼎	《集成》2311	殷	咸𦾔子乍且丁尊彝（8字）	
引作文父丁鼎	《集成》2318	殷	引乍文父丁𤔲𥅥鑊（8字）	
亞醶季作兄己鼎	《集成》2335	殷	亞醶季乍兄己尊彝（8字）	醶或釋醜

器名及數量	出　　處	時　代	釋文及字數	備　註
亞奠鄉寧鼎	《集成》2362	殷	亞奠竹寍鄀光豼卿寧（9字）	鄉宜作卿
亞若癸鼎（3器）	《集成》2400～2402	殷	亞受斿丁若癸自乙止乙（9字）	2401摹寫有誤
婦圂鼎	《集成》2403	殷	婦圂乍文姑日癸尊彝廙（9字）	廙古字作䧹
亞奠鼎	《集成》2427	殷	亞奠寍父癸宅于河（？）冊吹（10字）	
無敄鼎	《集成》2432	殷	無敄用乍文父甲寶尊彝廙（11字）	廙字古作䧹
戊寅作父丁方鼎	《集成》2594	殷	戊寅王口（日）敎圂馬酓易貝用乍父丁障彝亞受（18字）	
小臣缶方鼎	《集成》2653	殷	王易小臣缶湡束貝五年缶用乍亯大子乙家祀障廙父乙（22字）	廙字古作䧹
戊甪鼎	《集成》2694	殷	亞弜丁卯王令姐子适由方于艅隹反王寶戊甪貝一朋用乍父乙齋（26字）	
戊嗣鼎	《集成》2708	殷	丙午王商戊嗣子貝廿朋才闌宁用乍父癸寶鬵隹王訊闌大室才九月犬魚（28字，又合文1）	嗣當嗣子合文。1959年出安陽後崗
邐方鼎	《集成》2709	殷	乙亥王訊才梟辣王卿酉尹光邐隹各商貝用乍父丁彝隹王正井方印（28字）	

器名及數量	出　　　處	時代	釋文及字數	備　註
帝辰鼎	《集成》2710	殷	庚午王令帝辰眚北田三品才二月乍冊羽史易橐貝用乍父乙尊□冊（28字）	
作冊豐鼎	《集成》2711	殷	癸亥王追于乍冊般新宗王商乍冊豐貝大子易東內貝用乍父己寶鼎（28字）	
天段（3器）	《集成》2912～2914	殷	天（1字）	2914出陝西長武
㠱段（2器）	《集成》2916、2917	殷	㠱（1字）	原作⼈，未隸定
𦥑段	《集成》2918	殷	𦥑（1字）	
帆段	《集成》2919	殷	帆（1字）	原作，未隸定。當埶古字
𧊒段	《集成》2920	殷	𧊒（1字）	
婦段	《集成》2922	殷	婦（1字）	
好段	《集成》2923	武丁～	好（1字）	1976年出婦好墓
嫂段	《集成》2924	殷	嫂（1字）	
𦥑段	《集成》2925	殷	𦥑（1字）	
重段	《集成》2927	殷	重（1字）	傳出安陽。
何段	《集成》2928	殷	何（1字）	傳出安陽
即段	《集成》2929	殷	即（1字）	出安陽。原作，無隸定
𣃘段	《集成》2931	殷	𣃘（1字）	
竟段	《集成》2936	殷	竟（1字）	原作，無釋
俴段	《集成》2937	殷	俴（1字）	
羑段（2器）	《集成》2941、2942	殷	羑（1字）	羑古羑字。傳出安陽
韋段	《集成》2944	殷	韋（1字）	韋原無釋

器名及數量	出　　處	時　代	釋文及字數	備　註
🔲殷（3 器）	《集成》2945～2947	殷	🔲（1字）	
正殷（2 器）	《集成》2948、2949	殷	正（1字）	
徙殷	《集成》2950	殷	徙（1字）	
囜殷	《集成》2951	殷	囜（1字）	
⊕殷	《集成》2953	殷	⊕（1字）	
奴殷	《集成》2956	殷	奴（1字）	
史殷（6 器）	《集成》2957～2962	殷	史（1字）	
奔殷（3 器）	《集成》2964～2967	殷	奔（1字）	
守殷（2 器）	《集成》2967、2968	殷	守（1字）	
耒殷	《集成》2969	殷	耒（1字）	
剌殷	《集成》2970	殷	剌（1字）	
殼殷	《集成》2971	殷	殼（1字）	
牛殷	《集成》2973	殷	牛（1字）	
虎殷	《集成》2978	殷	虎（1字）	
鳶殷	《集成》2981	殷	鳶（1字）	
亯殷	《集成》2986	殷	亯（1字）	
車殷	《集成》2988	殷	車（1字）	字象車形
窢殷	《集成》2989	殷	窢（1字）	
入殷（3 器）	《集成》2990～2992	殷	入（1字）	2991 傳出安陽，2992 出陝西武功
冈殷（7 器）	《集成》2994～3000	殷	冈（1字）	
🔲殷（2 器）	《集成》3001、3002	殷	🔲（1字）	3002 傳出安陽。
🔲殷	《集成》3007	殷	🔲（1字）	原無釋
尹殷（4 器）	《集成》3008～3011	殷	尹（1字）	原無釋
鼎殷	《集成》3015	殷	鼎（1字）	
🔲殷	《集成》3016	殷	🔲（1字）	
戈殷（6 器）	《集成》3018～3023	殷	戈（1字）	
戢殷	《集成》3025	殷	戢（1字）	原無隸定

器名及數量	出　　處	時代	釋文及字數	備　註
五𣪘	《集成》3026	殷	五（1字）	原無釋
受𣪘（2器）	《集成》3030、3031	殷	受（1字）	
⌣𣪘	《集成》3033	殷	⌣（1字）	
九𣪘	《集成》3035	殷	九（1字）	
𣂤𣪘	《集成》3037	殷	𣂤（1字）	原無釋
𣲏𣪘	《集成》3038	殷	𣲏（1字）	
𢕭𣪘	《集成》3039	殷	𢕭（1字）	
𠃊𣪘	《集成》3040	殷	𠃊（1字）	
戍𣪘	《集成》3041	殷	戍（1字）	
𣪘	《集成》3042	殷	（1字）	
𣪘	《集成》3044	殷	（1字）	
黃𣪘	《集成》3045	殷	黃（1字）	原無釋
且乙𣪘	《集成》3049	殷	且乙（2字）	
且戊𣪘	《集成》3050	殷	且戊（2字）	
父己𣪘（2器）	《集成》3057、3058	殷	父己（2字）	
父辛𣪘	《集成》3059	殷	父辛（2字）	
▬乙𣪘	《集成》3061	殷	▬乙（2字）	出殷墟。
乙戈𣪘	《集成》3062	殷	乙戈（2字）	
乙魚𣪘	《集成》3063	殷	乙魚（2字）	
𣪘丁𣪘	《集成》3064	殷	𣪘丁（2字）	
何戊𣪘	《集成》3065	殷	何戊（2字）	
戈己𣪘	《集成》3066	殷	戈己（2字）	
天己𣪘	《集成》3067	殷	天己（2字）	
辛嬰𣪘	《集成》3068	殷	辛嬰（2字）	嬰字原無釋
辛𠆢𣪘	《集成》3069	殷	辛𠆢（2字）	
子癸𣪘	《集成》3071	殷	子癸（2字）	
子南𣪘	《集成》3072	殷	子南（2字）	出安陽。南字原無釋

器名及數量	出　　處	時　代	釋文及字數	備　註
子戔𣪘（2器）	《集成》3073、3074	殷	子戔（2字）	
子妥𣪘	《集成》3075	殷	子妥（2字）	
子𗵩𣪘	《集成》3076	殷	子𗵩（2字）	
子孫𣪘	《集成》3077	殷	子孫（2字）	孫字原無隸定
龏子𣪘	《集成》3078	殷	龏子（2字）	
帚汝𣪘	《集成》3081	殷	帚汝（2字）	汝字原無隸定
守帚𣪘	《集成》3082	殷	守帚（2字）	
龏女𣪘	《集成》3083	殷	龏女（2字）	
女𗵩𣪘	《集成》3084	殷	女𗵩（2字）	
乙冉𣪘	《集成》3086	殷	乙冉（2字）	冉字原作𗵩，無隸定
冉丁𣪘	《集成》3087	殷	冉丁（2字）	冉字原作𗵩，無隸定
己冉𣪘	《集成》3088	殷	己冉（2字）	冉字原作𗵩，無隸定
癸冉𣪘	《集成》3089	殷	癸冉（2字）	冉字原作𗵩，無隸定
亞夨𣪘（2器）	《集成》3090、3091	殷	亞夨（2字）	夨古疑字
亞奚𣪘	《集成》3093	殷	亞奚（2字）	
亞曲𣪘	《集成》3094	殷	亞曲（2字）	
亞醜𣪘	《集成》3096、3099	殷	亞醜（2字）	醜或釋醜
亞醜方𣪘	《集成》3098	殷	亞醜（2字）	醜或釋醜
亞盥𣪘	《集成》3100	殷	亞盥（2字）	出安陽。
亞𗵩𣪘	《集成》3101	殷	亞𗵩（2字）	
亞猱𣪘	《集成》3102	殷	亞猱（2字）	
亞夫𣪘	《集成》3103	殷	亞夫（2字）	夫字原無釋
尹舟𣪘（2器）	《集成》3106	殷	尹舟（2字）	
䙡冊𣪘	《集成》3108	殷	䙡冊（2字）	
冊光𣪘	《集成》3109	殷	冊光（2字）	傳出安陽

器名及數量	出　　　　處	時　代	釋文及字數	備　　註
⟨字⟩冊毁	《集成》3110	殷	⟨字⟩冊（2字）	⟨字⟩疑身字
鄉宁毁	《集成》3111	殷	卿宁（2字）	鄉宜作卿
虞攎毁	《集成》3112	殷	虞攎（2字）	虞古廣字，攎原隸定稍異。傳出費縣
虞⟨字⟩毁	《集成》3113	殷	虞⟨字⟩（2字）	虞古廣字
虞⟨字⟩毁	《集成》3114	殷	虞⟨字⟩（2字）	虞古廣字。出安陽
立⟨字⟩毁	《集成》3115	殷	立⟨字⟩（2字）	
弔龜毁	《集成》3116	殷	弔龜（2字）	
示萬毁	《集成》3117	殷	示萬（2字）	示字原無釋
⟨字⟩大毁	《集成》3118	殷	⟨字⟩大（2字）	
⟨字⟩毁	《集成》3119	殷	⟨字⟩（2字）	傳出安陽
北單毁	《集成》3120	殷	北單（2字）	
秉冊毁	《集成》3121	殷	秉冊（2字）	冊字原作⟨字⟩，無釋
禾保毁	《集成》3122	殷	禾保（2字）	
鼎⟨字⟩毁	《集成》3123	殷	鼎⟨字⟩（2字）	
聑⟨字⟩毁	《集成》3124	殷	聑⟨字⟩（2字）	
車徙毁	《集成》3126	殷	車徙（2字）	出安陽
正侯毁	《集成》3127	殷	正侯（2字）	出安陽
魚從毁（2器）	《集成》3128、3129	殷	魚從（2字）	
⟨字⟩且丁毁	《集成》3135	殷	⟨字⟩且丁（3字）	
門且丁毁	《集成》3136	殷	門且丁（3字）	
竹且丁毁	《集成》3137	殷	竹且丁（3字）	
戈且己毁	《集成》3139	殷	戈且己（3字）	
且辛⟨字⟩毁	《集成》3141	殷	且辛⟨字⟩（3字）	
田父甲毁	《集成》3142	殷	田父甲（3字）	

器名及數量	出　處	時　代	釋文及字數	備　註
戈父甲𣪘	《集成》3143	殷	戈父甲（3字）	
𣈪父乙𣪘（4器）	《集成》3145～3148	殷	廣父乙（3字）	𣈪古廣字
共父乙𣪘	《集成》3149	殷	共父乙（3字）	出渭南。
咸父乙𣪘	《集成》3150	殷	咸父乙（3字）	
嬰父乙𣪘	《集成》3151	殷	嬰父乙（3字）	嬰原無釋
入父乙𣪘	《集成》3152	殷	入父乙（3字）	
𪊰父乙𣪘	《集成》3153	殷	𪊰父乙（3字）	
父乙冄𣪘	《集成》3154	殷	父乙冄（3字）	冄字原作，無釋
黿父乙𣪘	《集成》3155	殷	黿父乙（3字）	黿原作黿
戈父乙𣪘	《集成》3156	殷	戈父乙（3字）	
箭父乙𣪘	《集成》3157	殷	箭父乙（3字）	箭古箙字
𣈪父丁𣪘（2器）	《集成》3169、3170	殷	廣父丁（3字）	𣈪古廣字
戈父丁𣪘（2器）	《集成》3172、3173	殷	戈父丁（3字）	
人父丁𣪘	《集成》3174	殷	人父丁（3字）	
父丁𡥀𣪘	《集成》3175	殷	父丁𡥀（3字）	𡥀字原無隸定
瓶父丁𣪘	《集成》3177	殷	瓶父丁（3字）	
醜父丁𣪘	《集成》3178	殷	醜父丁（3字）	醜或釋醜
黿父丁𣪘	《集成》3179	殷	黿父丁（3字）	黿原作黿
丩冊父戊𣪘	《集成》3185	殷	丩冊父戊（4字，原作3字）	丩冊二字原作，無釋
子父戊𣪘	《集成》3186	殷	子父戊（3字）	
父戊黿𣪘	《集成》3187	殷	父戊黿（3字）	黿原作黿
舊父戊𣪘	《集成》3188	殷	舊父戊（3字）	舊字原無釋
奴父戊𣪘	《集成》3189	殷	奴父戊（3字）	
冄父己𣪘（2器）	《集成》3191、3192	殷	冄父己（3字）	3192出安陽。冄字原作，無釋

器名及數量	出　　處	時 代	釋文及字數	備　註
京父己𣪘	《集成》3193	殷	京父己（3 字）	
車父己𣪘	《集成》3194	殷	車父己（3 字）	
父己𣪘	《集成》3195	殷	父己（3 字）	
鬥（？）父己𣪘𣪘	《集成》3196	殷	鬥父己（3 字）	首字原無釋
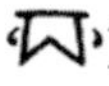父辛𣪘	《集成》3199	殷	父辛（3 字）	
鳶父辛𣪘	《集成》3201	殷	鳶父辛（3 字）	
枚父辛𣪘	《集成》3202	殷	枚父辛（3 字）	
串父辛𣪘（2 器）	《集成》3203、3204	殷	串父辛（3 字）	
父辛𣪘	《集成》3205	殷	父辛（3 字）	
酉父癸𣪘	《集成》3210	帝乙帝辛	酉父癸（3 字）	酉作，癸作，證諸甲骨文，此器當帝乙帝辛時物
父癸𣪘	《集成》3211	殷	父癸（3 字）	
父癸𣪘	《集成》3212	殷	父癸（3 字）	古獸字
酘父癸𣪘	《集成》3213	殷	酘父癸（3 字）	
戈母丁𣪘	《集成》3221	殷	戈母丁（3 字）	
姍母己𣪘	《集成》3222	殷	姍母己（3 字）	出安陽。姍字原無隸定
豢匕辛𣪘	《集成》3223	殷	豢匕辛（3 字）	豢原作豢
母辛𣪘	《集成》3224	殷	虡母辛（3 字）	古虡字
女鳶𣪘	《集成》3227	殷	女鳶（3 字）	
帚咸𣪘	《集成》3229	殷	帚咸（3 字）	
㫃乙𣪘	《集成》3232	殷	㫃乙（3 字）	
天己丁𣪘	《集成》3233	殷	天己丁（3 字）	
示止子𣪘	《集成》3234	殷	示止子（3 字）	示字原作，無釋

器名及數量	出　　處	時　代	釋文及字數	備　註
戈亳冊段	《集成》3237	殷	戈亳冊（3字）	
辰帚出段	《集成》3238	殷	辰帚出（3字）	出安陽。
北單戈段	《集成》3239	殷	北單戈（3字）	出安陽。
作女皿段	《集成》3240	殷	作女皿（3字）	
𨐈𠃺豊段	《集成》3241	殷	𨐈𠃺豊（3字）	
西隻單段	《集成》3243	殷	西隻單（3字）	
亞戊父乙段	《集成》3297	殷	亞戊父乙（4字）	
父乙亞矢段	《集成》3298	殷	父乙亞矢（4字）	
𣎆旬父乙段	《集成》3302	殷	𣎆旬父乙（4字）	旬古箙字
𤇈冊父乙段	《集成》3303	殷	𤇈冊父乙（4字）	
亞束父丁段	《集成》3308	殷	亞束父丁（4字）	
亞萱父丁段	《集成》3309	殷	亞萱父丁（4字）	
亞醜父丁段	《集成》3310	殷	亞醜父丁（4字）	醜或釋醜
豙馬父丁段	《集成》3311	殷	豙馬父丁（4字）	
文暊父丁段	《集成》3312	殷	文暊父丁（4字）	
𣫶𠆢父丁段	《集成》3313	殷	𣫶𠆢父丁（4字）	
𣫶𡦅父丁段	《集成》3314	殷	𣫶𡦅父丁（4字）	
𢆶父丁段	《集成》3316	殷	𢆶父丁（4字）	
□□父丁段	《集成》3321	殷	□□父丁（4字）	
北𣝗父己段	《集成》3324	殷	北𣝗父己（4字）	
尹舟父己段	《集成》3325	殷	尹舟父己（4字）	
亞竝父己段	《集成》3326	殷	亞竝父己（4字）	竝字原作㸚
亞䕁父辛段	《集成》3330	殷	亞䕁父辛（4字）	
亞醜父辛段（3器）	《集成》3331～3333	殷	亞醜父辛（4字）	醜或釋醜
鄉父癸宁段	《集成》3337	殷	卿父癸宁（4字）	鄉宜作卿
亞弜父癸段	《集成》3338	殷	亞弜父癸（4字）	

器名及數量	出　　處	時　代	釋文及字數	備　註
亞共父癸𣪘	《集成》3339	殷	亞共父癸（4字）	
𧗿天父癸𣪘	《集成》3340	殷	𧗿天父癸（4字）	
彭女彝冄𣪘	《集成》3343	殷	彭女彝冄（4字）	冄字原作図，無釋
亞壴龜□𣪘	《集成》3393	殷	亞壴龜□（4字）	龜原作奄
戈畧作匕𣪘（3器）	《集成》3394～3396	殷	戈畧乍匕（4字）	
𠙵單匰且己𣪘	《集成》3417	殷	𠙵單匰且己（5字）	
庚豕馬父乙𣪘	《集成》3418	殷	庚豕馬父乙（5字）	出殷墟。
亞共單父乙𣪘	《集成》3419	殷	亞共單父乙（5字）	
子眉▮父乙𣪘	《集成》3420	殷	子眉▮父乙（5字）	出鳳翔
秉冊冊父乙𣪘	《集成》3321	殷	秉冊冊父乙（5字）	冊字原無釋
戈毫冊父丁𣪘	《集成》3428	殷	戈毫冊父丁（5字）	
✦▭父丁𣪘	《集成》3429	殷	乍父丁✦▭（5字）	
大丏𣪘	《集成》3457	殷	大丏乍母彝（5字）	出殷墟。
文父乙𣪘	《集成》3502	殷	文父乙卯婦娸（6字）	
倗缶乍且癸𣪘	《集成》3601	殷	倗缶乍且癸尊彝（7字）	缶字原無釋
乍父乙𣪘	《集成》3602	殷	乍父乙寶彝冄♆（7字）	
壴父丁𣪘	《集成》3604	殷	壴父丁睸尊彝豕冊（8字）	
棶𣪘	《集成》3625	殷	棶乍白帚㶵尊彝（7字）	棶字原無釋

器名及數量	出處	時代	釋文及字數	備註
戈[illegible]乍兄日辛𣪘	《集成》3665	殷	戈[illegible]乍兄日辛寶彝（8字）	
亞若癸𣪘	《集成》3713	殷	亞受斿丁若癸自乙止乙(10字)	原作9字
戈冊父辛𣪘	《集成》3717	殷	戈冊北單[illegible]乍父辛尊彝	
作父己𣪘	《集成》3861：1～2	殷	己亥王易貝才闌用乍父己尊彝亞古（15字）	傳出河南洛陽
小子[illegible]𣪘	《集成》3904	殷	乙未卿吏易小子[illegible]貝二百用乍父丁尊彝虘（17字）	虘字古作[illegible]
亞嶲作且丁𣪘	《集成》3940	殷	乙亥王易嶲舟豩玉十玨妾用乍且丁彝 亞（17字）	整段文字在亞字內
[illegible]敄𣪘	《集成》3941	殷	辛亥王才闌賞[illegible]敄□貝二朋用乍且癸寶尊（17字）	
邐（[illegible]）𣪘	《集成》3975	殷	辛子王酓多亞[illegible]言京邐易(賜)貝朋用乍好丁[illegible]（19字）	[illegible]古聽字
亞[illegible]父乙𣪘	《集成》3990	殷	辛巳[illegible]內呂才小圃王令商[illegible]沚貝用乍父乙彝亞（20字）	
小子[illegible]（文父丁）𣪘	《集成》4138	帝辛	癸巳[illegible]商小子[illegible]貝十朋才上[illegible]隹[illegible]令伐人方[illegible]方貝用乍文父丁隩彝才十月四虘(33字)	此爲帝辛時代標準器。虘字古作[illegible]

器名及數量	出　　處	時　代	釋文及字數	備　註
緋乍父乙𣪘殷（戊辰彝）	《集成》4144	帝辛	戊辰弜師易緋🔲戶賣貝用乍父乙寶彝才十月隹王廿祀🔲日遘于㠱戊武乙奭家一旅（35字）	此爲帝辛標準器。
🔲豆	《集成》4651	殷	🔲（1字）	
黃攄豆	《集成》4652	殷	虞攄（2字）	傳出山東費縣。黃古虞字，攄字原隸定稍異
亞矣豆	《集成》4653	殷	亞矣（2字）	矣古疑字
🔲雞父丁豆	《集成》4658	殷	🔲雞父丁（4字）	🔲或作串。雞字原無釋，或釋矗
戈卣（5器）	《集成》4701～4703、4705、4707	殷	戈（1字）	
成卣	《集成》4711	殷	成（1字）	原無釋
🔲卣（8器）	《集成》4712～4719	殷	🔲（1字）	4717 出殷墟，4718 于 1973 年出陝西岐山
🔲卣	《集成》4720	殷	🔲（1字）	1976 年出山西靈石。
史卣（5器）	《集成》4721～4724、4726	殷	史（字）	4721 于 1979 年出殷墟。
史卣蓋	《集成》4725	殷	史（1字）	
𢆉卣（4器）	《集成》4727、4729～4731	殷	𢆉（1字）	原無釋
𢆉卣蓋	《集成》4728	殷	𢆉（1字）	原無釋
子卣	《集成》4732	殷	子（1字）	
竝卣	《集成》4733	殷	竝（1字）	
奚卣	《集成》4734	殷	奚（1字）	
奔卣	《集成》4735	殷	奔（1字）	

器名及數量	出　　　處	時　代	釋文及字數	備　　註
敄卣	《集成》4736	殷	敄（1字）	
受卣	《集成》4737	殷	受（1字）	1967 年出河北磁縣。
爰卣	《集成》4738	殷	爰（1字）	
守卣	《集成》4739	殷	守（1字）	
魚卣	《集成》4740	殷	魚（1字）	
漁卣	《集成》4741	殷	漁（1字）	
鼙卣	《集成》4742	殷	鼙（1字）	
卣	《集成》4743	殷	（1字）	
卣	《集成》4744	殷	（1字）	
卣（2器）	《集成》4747、4748	殷	（1字）	
卣	《集成》4749	殷	（1字）	原篆殆禾或盉
禾卣	《集成》4750	殷	禾（1字）	
岕卣	《集成》4751	殷	岕（1字）	原無釋
羑卣	《集成》4753	殷	羑（1字）	
嫂卣（2器）	《集成》4754、4755	殷	嫂（1字）	
辜卣	《集成》4758	殷	辜（1字）	
卣	《集成》4759	殷	虞（1字）	古虞字
黿卣（2器）	《集成》4760、4761	殷	黿（1字）	黿原作黿
卣（2器）	《集成》4764、4765	殷	（1字）	
舌卣（2器）	《集成》4767、768	殷	舌（1字）	
天卣（4器）	《集成》4769～4772	殷	天（1字）	4769 于 1979 年出河南羅山。4770 于 1974 年出廣西武鳴
卣	《集成》4773	殷	（1字）	
卣	《集成》4775	殷	（1字）	
卣	《集成》4776	殷	（1字）	

器名及數量	出　處	時代	釋文及字數	備　註
觥卣	《集成》4777	殷	觥（1字）	
俊卣	《集成》4778	殷	俊（1字）	原隸定稍異
衛卣	《集成》4779	殷	衛（1字）	
荀卣（2器）	《集成》4780、4781	殷	荀（1字）	荀古箙字
宁卣	《集成》4782	殷	宁（1字）	
共卣	《集成》4783	殷	共（1字）	原無釋
🐉卣	《集成》4784	殷	🐉（1字）	1971年出山西保德
🍍卣	《集成》4785	殷	🍍（1字）	1954年出山東濱縣
弔卣	《集成》4786	殷	弔（1字）	
鳶卣	《集成》4787	殷	鳶（1字）	
隻卣	《集成》4788	殷	隻（1字）	
彖卣	《集成》4789	殷	彖（1字）	
牛首形銘卣	《集成》4790	殷	牛（1字）	
叉卣	《集成》4791	殷	叉（1字）	
臤卣	《集成》4792	殷	臤（1字）	
徙卣	《集成》4794	殷	徙（1字）	
得卣	《集成》4795	殷	得（1字）	
東卣	《集成》4796	殷	東（1字）	
示卣	《集成》4797	殷	示（1字）	原篆未釋，似可作示
霝卣	《集成》4798	殷	霝（1字）	出安陽
𤿎卣（3器）	《集成》4799～4801	殷	𤿎（1字）	
爻卣	《集成》4802	殷	爻（1字）	原篆未釋，似可作爻
冊卣	《集成》4803	殷	冊（1字）	
水卣	《集成》4804	殷	水（1字）	原無釋
亞伐卣	《集成》4805	殷	亞伐（2字）	出河北靈壽。

器名及數量	出　　處	時代	釋文及字數	備　註
亞𤔲卣（5 器）	《集成》4806～4810	殷	亞𤔲（2 字）	𤔲或釋醜
亞戲卣	《集成》4811	殷	亞戲（2 字）	戲字原無釋
亞奚卣	《集成》4812	殷	亞奚（2 字）	
亞矣卣	《集成》4813	殷	亞矣（2 字）	矣古疑字。出殷墟。
亞丏卣	《集成》4814	殷	亞丏（2 字）	
亞屮卣（2 器）	《集成》4815、4816	殷	亞屮（2 字）	
亞冀卣	《集成》4817	殷	亞冀（2 字）	1948 年出安陽。
亞□卣	《集成》4818	殷	亞□（2 字）	1956 年出河南上蔡。
亞盥卣	《集成》4819	殷	亞盥（2 字）	1963 年出安陽苗圃。盥字原無釋
𡴎亞卣	《集成》4820	殷	𡴎亞（2 字）	
且辛卣	《集成》4821	殷	且辛（2 字）	65 年出河南輝縣。
𦥑乙卣	《集成》4823	殷	𦥑乙（2 字）	𦥑字原無釋
𦥑丙卣	《集成》4824	殷	𦥑丙（2 字）	𦥑字原無釋
丁丰卣	《集成》4825	殷	丁丰（2 字）	
丁犬卣	《集成》4826	殷	丁犬（2 字）	
丁𦥑卣	《集成》4827	殷	丁𦥑（2 字）	𦥑字原無釋
丁𠔼卣	《集成》4828	殷	丁𠔼（2 字）	
己𧶂卣	《集成》4829	殷	己𧶂（2 字）	𧶂原未隸定
己𧶂卣蓋	《集成》4830	殷	己𧶂（2 字）	𧶂原未隸定
𧶂己卣	《集成》4831	殷	𧶂己（2 字）	𧶂原未隸定
𡗗己卣	《集成》4832	殷	𡗗己（2 字）	
𦥑己卣	《集成》4833	殷	𦥑己（2 字）	𦥑字原無釋
辛𦥑卣	《集成》4834	殷	辛𦥑（2 字）	𦥑字原無釋
父辛卣	《集成》4835	殷	父辛（2 字）	
父癸卣（2 器）	《集成》4836、4837	殷	父癸（2 字）	

器名及數量	出　　處	時　代	釋文及字數	備　註
癸丮卣	《集成》4838	殷	癸丮（2字）	丮字原無釋
癸龠卣（2器）	《集成》4839、4840	殷	癸龠（2字）	龠字原無釋
倗舟卣	《集成》4842	殷	倗舟（2字）	倗字原無釋
𧾰母卣	《集成》4843	殷	𧾰母（2字）	
𤆥婦卣	《集成》4844	殷	廣婦（2字）	𤆥古廣字
帚嫐卣（2器）	《集成》4845、4846	殷	帚嫐（2字）	帚下原篆可隸作嫐
子侯卣	《集成》4847	殷	子侯（2字）	
子示卣	《集成》4848	殷	子示（2字）	示字原無釋
子𢀤卣	《集成》4850	殷	子𢀤（2字）	
女魚卣	《集成》4851	殷	女魚（2字）	1940年出安陽。
竹斿卣	《集成》4852	殷	竹斿（2字）	斿字原無釋
魚從卣	《集成》4853	殷	魚從（2字）	
丮蠡卣	《集成》4854	殷	丮蠡（2字）	丮字原無釋
丮屶卣（2器）	《集成》4856、4857	殷	丮屶（2字）	原無釋
𠂤言卣（3件）	《集成》4860～4862	殷	𠂤言（2字）	
𣥂丈卣	《集成》4863	殷	𣥂丈（2字）	
卜木卣	《集成》4864	殷	卜木（2字）	
𮮡刀卣	《集成》4865	殷	𮮡刀（2字）	
分珏卣	《集成》4866	殷	分珏（2字）	
㪅耳卣	《集成》4867	殷	㪅耳（2字）	耳字原無釋
皇戈卣	《集成》4869	殷	皇戈（2字）	皇疑皇字
冊徙卣	《集成》4870	殷	冊徙（2字）	徙字原無釋
㠭冊卣	《集成》4871	殷	㠭冊（2字）	
冊告卣	《集成》4872	殷	冊告（2字）	
韋典卣	《集成》4873	殷	韋典（2字）	原無釋
買車卣	《集成》4874	殷	買車（2字）	
𤆥微卣	《集成》4876	殷	廣微（2字）	𤆥古廣字

器名及數量	出　　　處	時　代	釋文及字數	備　　註
攎𤢹卣（3器）	《集成》4877〜4879	殷	攎虞（2字）	三器均出山東費縣。𤢹古虞字，原無釋，攎字隸定稍異
𣄃屮卣	《集成》4880	殷	𣄃屮（2字）	屮原無釋，當邦之初文。
𠃑安卣	《集成》4881	殷	𠃑安（2字）	
𥎞貝卣	《集成》4882	殷	𥎞貝（2字）	𥎞古箙字
鳥且甲卣	《集成》4889	殷	鳥且甲（3字）	
𢦏且乙卣	《集成》4890	殷	𢦏且乙（3字）	𢦏字原無隸定
子且丁卣蓋	《集成》4891	殷	子且丁（3字）	
𤝗且戊卣	《集成》4892	殷	𤝗且戊（3字）	𤝗字原隸定稍異
𡧈且戊卣	《集成》4893	殷	𡧈且戊（3字）	
子且己卣	《集成》4894	殷	子且己（3字）	
鳶且辛卣	《集成》4897	殷	鳶且辛（3字）	
且癸𠓥卣	《集成》4899	殷	且癸𠓥（3字）	
𤢹且癸卣	《集成》4900	殷	虞且癸（3字）	𤢹古虞字
子且癸卣	《集成》4901	殷	子且癸（3字）	
鳥父甲卣	《集成》4902	殷	鳥父甲（3字）	
甲父田卣	《集成》4903	殷	甲父田（3字）	
𤯝父甲卣	《集成》4904	殷	𤯝父甲（3字）	
𡴎父甲卣	《集成》4905	殷	𡴎父甲（3字）	
羖父甲卣	《集成》4906	殷	羖父甲（3字）	
天父乙卣（2器）	《集成》4908、4909	殷	天父乙（3字）	4909揀選于1976年廣西興安。
何父乙卣	《集成》4910	殷	何父乙（3字）	
冊父乙卣	《集成》4913	殷	冊父乙（3字）	
魚父乙卣（4器）	《集成》4914〜4917	殷	魚父乙（3字）	

器名及數量	出　　　處	時　代	釋文及字數	備　　註
🔣父乙卣	《集成》4918	殷	🔣父乙（3字）	
亭父乙卣	《集成》4919	殷	亭父乙（3字）	1958年出山西洪趙。亭字原隸定稍異
🔣父乙卣蓋	《集成》4920	殷	🔣父乙（3字）	
黿父乙卣（2器）	《集成》4923、4924	殷	黿父乙（3字）	黿原作龜
🔣父乙卣	《集成》4925	殷	🔣父乙（3字）	
🔣父乙卣	《集成》4926	殷	虞父乙（3字）	🔣古虞字
光父乙卣	《集成》4927	殷	光父乙（3字）	光字原未釋。1942年出安陽。
偁父乙卣	《集成》4928	殷	偁父乙（3字）	
史父乙卣	《集成》4929	殷	史父乙（3字）	
🔣父乙卣	《集成》4930	殷	🔣父乙（3字）	
羖父乙卣	《集成》4931	殷	羖父乙卣(3字)	
🔣父乙卣	《集成》4932	殷	🔣父乙（3字）	
亞父乙卣	《集成》4933	殷	亞父乙（3字）	
🔣父乙卣	《集成》4934	殷	🔣父乙（3字）	
枚父丙卣	《集成》4936	殷	枚父乙（3字）	
牧父丙卣	《集成》4937	殷	牧父丙（3字）	
🔣父丁卣（2器）	《集成》4938、4939	殷	虞父丁（3字）	🔣古虞字
史父丁卣	《集成》4941	殷	史父丁（3字）	
子父丁卣	《集成》4943	殷	子父丁（3字）	
束父丁卣	《集成》4945	殷	束父丁（3字）	
秉父丁卣（2器）	《集成》4945、4946	殷	秉父丁（3字）	
酉父丁卣	《集成》4947	殷	酉父丁（3字）	
父丁爻卣	《集成》4948	殷	父丁爻（3字）	

器名及數量	出　　處	時　代	釋文及字數	備　註
⊡父丁卣	《集成》4949	殷	⊡父丁（3字）	
⊡父戊卣	《集成》4950	殷	⊡父戊（3字）	⊡原作⊡
酉父己卣	《集成》4952	殷	酉父己（3字）	
⊡父己卣	《集成》4953	殷	⊡父己（3字）	
戈父己卣（2器）	《集成》4954、4955	殷	戈父己（3字）	
嬰父己卣	《集成》4956	殷	嬰父己（3字）	嬰字原未隸定
犬父己卣	《集成》4957	殷	犬父己（3字）	
受父己卣	《集成》4958	殷	受父己（3字）	
⊡父己卣	《集成》4959	殷	⊡父己（3字）	
⊡父己卣（2器）	《集成》4960、4961	殷	廣父己（3字）	⊡古廣字
⊡父己卣	《集成》4962	殷	⊡父己（3字）	
⊡父己卣	《集成》4963	殷	⊡父己（3字）	⊡字原無釋
萬父己卣	《集成》4964	殷	萬父己（3字）	
⊡父己卣（2器）	《集成》4965、4966	殷	⊡父己（3字）	
⊡父庚卣	《集成》4967	殷	廣父庚（3字）	⊡古廣字
弓父庚卣	《集成》4968	殷	弓父庚（3字）	
子父庚卣	《集成》4969	殷	子父庚（3字）	
⊡父辛卣	《集成》4972	殷	⊡父辛（3字）	
⊡父辛卣	《集成》4973	殷	⊡父辛（3字）	
嬰父辛卣蓋	《集成》4975	殷	嬰父辛（3字）	嬰字原未隸定
天父辛卣	《集成》4976	殷	天父辛（3字）	
⊡父辛卣	《集成》4977	殷	⊡父辛（3字）	1970年出陝西寶雞
⊡父辛卣	《集成》4978	殷	⊡父辛（3字）	⊡原作⊡
父辛⊡卣	《集成》4979	殷	父辛⊡（3字）	

器名及數量	出　　　處	時代	釋文及字數	備　註
䖒父辛卣蓋	《集成》4980	殷	虞父辛（3字）	䖒古虞字
弔父辛卣	《集成》4981	殷	弔父辛（3字）	
辛父丫卣	《集成》4983	殷	辛父丫（3字）	
𰀲父丁卣	《集成》4985	殷	𰀲父丁（3字）	
冉父辛卣	《集成》4986	殷	冉父辛（3字）	冉字原無釋
父辛酉卣	《集成》4987	殷	父辛酉（3字）	
爵父癸卣蓋	《集成》4988	殷	爵父癸（3字）	
囟父癸卣	《集成》4989	殷	囟父癸（3字）	
串父癸卣	《集成》4992	殷	串父癸（3字）	
黿父癸卣	《集成》4993	殷	黿父癸（3字）	黿原作龜
取父癸卣	《集成》4994	殷	取父癸（3字）	
眾父癸卣	《集成》4995	殷	眾父癸（3字）	眾字原未釋
魚父癸卣	《集成》4997	殷	魚父癸（3字）	
䖒父癸卣	《集成》4998	殷	虞父癸（3字）	䖒古虞字，省片
䖒母己卣	《集成》5000	殷	虞母己（3字）	䖒古虞字
子辛𦿎卣	《集成》5004	殷	子辛𦿎（3字）	
㭩冊竹卣	《集成》5006	殷	㭩冊竹（3字）	㭩原作劦
西隻單卣	《集成》5007	殷	西隻單（3字）	
丁冉岕卣	《集成》5009	殷	丁冉岕（3字）	冉岕二字原無釋
韋典癸卣	《集成》5010	殷	韋典癸（3字）	韋典二字原無釋
䖒𩇩卣	《集成》5011	殷	虞亞𩇩（器3字、蓋2字）	出山東長清。䖒古虞字
𰁗其鷄卣	《集成》5012	殷	𰁗其鷄（3字）	鷄字或釋䳊
林亞舲卣	《集成》5013	殷	林亞舲（3字）	
亞㠱術卣	《集成》5014	殷	亞㠱術（3字）	
亞其卣	《集成》5015	殷	亞其𠀒（3字）	
𨎬𢀜兮卣	《集成》5016	殷	𨎬𢀜兮（3字）	原無隸定

器名及數量	出　　處	時　代	釋文及字數	備　註
鳥𠬝弈卣	《集成》5017	殷	鳥𠬝弈（3字）	傳出安陽。
乇田舌卣	《集成》5119	殷	乇田舌（字）	舌似爲者
𥃩冊且丁卣（2器）	《集成》5045、5046	殷	𥃩冊且丁（4字）	
戉𠁁且乙卣	《集成》5047	殷	戉𠁁且乙（4字）	𠁁似爲箙
卩刀且己卣	《集成》5048	殷	卩刀且己（4字）	
亞𡩗父甲卣	《集成》5049	殷	亞𡩗父甲（4字）	
陸冊父甲卣	《集成》5050	殷	陸冊父甲（4字）	
父乙韋典卣	《集成》5051	殷	父乙韋典（4字）	韋字原無釋
陸冊父乙卣	《集成》5052	殷	陸冊父乙（4字）	
亞覃父乙卣	《集成》5053	殷	亞覃父乙（4字）	
亞舲父乙卣	《集成》5054	殷	亞舲父乙（4字）	
亞厷父乙卣	《集成》5055	殷	亞厷父乙（4字）	
田告父乙卣	《集成》5056	殷	田告父乙（4字）	
子豿父乙卣	《集成》5057	殷	子豿父乙（4字）	豿字原無隸定
聝日父乙卣	《集成》5058	殷	聝日父乙（4字）	
丩冊父乙卣（2器）	《集成》5059、5060	殷	丩冊父乙（4字）	丩冊二字原無釋
立㕚父丁卣（2器）	《集成》5064、5065	殷	立㕚父丁（4字）	
㸚父丁卣	《集成》5067	殷	㸚父丁彝（4字）	
串鷄父丁卣	《集成》5068	殷	串鷄父丁（4字）	鷄字或釋䨇
串雋父丁卣	《集成》5069	殷	串雋父丁（4字）	1974年出遼寧喀左
子庻父丁卣	《集成》5070	殷	子庻父丁（4字）	
舟丙父丁卣	《集成》5073	殷	舟丙父丁（4字）	
帆公父丁卣	《集成》5074	殷	帆公父丁（4字）	
采乍父丁卣	《集成》5075	殷	采乍父丁（4字）	采字原無釋

器名及數量	出　　　處	時　代	釋文及字數	備　註
𠙵丑父戊卣	《集成》5076	殷	𠙵丑父戊(4字)	𠙵丑二字原無釋
又羖父己卣	《集成》5077	殷	又羖父己(4字)	
陸冊父庚卣	《集成》5081	殷	陸冊父庚(4字)	
家戈父庚卣	《集成》5082	殷	家戈父庚(4字)	
隻婦父庚卣蓋	《集成》5083	殷	隻婦父庚(4字)	
𠦪父辛卣蓋	《集成》5084	殷	𠦪父辛(4字)	
亞醜父辛卣	《集成》5085	殷	亞醜父辛(4字)	醜或釋醜
亞獳父辛卣	《集成》5086	殷	亞獳父辛(4字)	
令𣂪父辛卣	《集成》5087	殷	令𣂪父辛(4字)	
㠱酓父辛卣	《集成》5089	殷	㠱酓父辛（4字）	酓字原無釋
何父癸𣂪卣	《集成》5091	殷	何父癸𣂪(4字)	
作父癸𣂪卣	《集成》5092	殷	乍父癸𣂪(4字)	
行天父癸卣	《集成》5093	殷	行天父癸(4字)	
亞得父癸卣	《集成》5094	殷	亞得父癸(4字)	
㝅𣂪父癸卣	《集成》5096	殷	㝅𣂪父癸（4字。蓋1器3）	
亞醜杞婦卣	《集成》5097	殷	亞醜杞婦(4字)	醜或釋醜
聑而婦𣂪卣	《集成》5098	殷	聑而婦𣂪(4字)	1952年出河南輝縣
婦聿𧯦（𣂪）卣	《集成》5099	殷	婦聿𧯦徙(4字)	
亞寏皇旗卣	《集成》5100	殷	亞寏皇旗（蓋3字器4字）	1985年出江西遂川。旗字原無釋
戈旬卣	《集成》5101	殷	戈旬辰吳（蓋器各2字）	旬古𥰠字
彭女卣	《集成》5110	殷	彭女彝冉(4字)	
𢷎孖母彝卣	《集成》5111	殷	𢷎孖母彝(4字)	
闌乍尊彝卣	《集成》5114	殷	闌乍尊彝(4字)	

器名及數量	出　　處	時　代	釋文及字數	備　註
𣄰子弓笧卣	《集成》5142	殷	𣄰子弓笧（4字）	笧古籩字
🜨且己父己卣	《集成》5145	殷	🜨父己（己且）姍（蓋器各4字）	
🜨且己父辛卣	《集成》5146	殷	🜨且己父辛（5字）	
櫃父乙卣	《集成》5147	殷	亞虎櫃父乙（5字）	
𤇾作父乙卣	《集成》5148	殷	𤇾乍父乙彝（5字）	𤇾古廣字
文暊父丁卣	《集成》5155	殷	文暊父丁䏆（5字）	
西單中父丁卣	《集成》5156	殷	西單中父丁（5字）	
丩冊𠓦父戊卣	《集成》5161	殷	丩冊𠓦父戊（5字）	丩冊二字原無釋，𠓦似可釋作六六六
𤇾父己母癸卣蓋	《集成》5163	殷	𤇾父己母癸（5字）	𤇾古廣字
北子卅父辛卣	《集成》5165	殷	北子卅父辛（蓋5字器3字）	卅字原無釋
丙木父辛卣	《集成》5166	殷	丙木父辛冊（5字）	
𤇾叔父辛卣	《集成》5167	殷	𤇾叔父辛彝（5字）	𤇾古廣字
亞其戈父辛卣	《集成》5168	殷	亞其戈父辛（5字）	
笧冊戊父辛卣	《集成》5169	殷	笧冊戊父辛（5字）	笧古籩字
𤇾作父辛卣	《集成》5171	殷	𤇾乍父辛彝（5字）	𤇾古廣字
𤇾父癸母𠇲卣	《集成》5172	殷	𤇾父癸母𠇲（5字）	𤇾古廣字
冊父癸卣	《集成》5173	殷	冊罨天父癸（5字）	

器名及數量	出　　　處	時　代	釋文及字數	備　　註
又羧癸卣	《集成》5174	殷	又母徙（蓋3字） 又羧癸（器3字）	
小子作母己卣（2器）	《集成》5175、5176	殷	小子乍母己（5字）	
允冊卣	《集成》5186	殷	允冊乍尊彝（5字）	
亞共且乙父己卣	《集成》5199	殷	亞共且乙父己（6字）	
𤈷且辛卣	《集成》5201	殷	廣且辛禹亞𤈷（6字）	𤈷古廣字。1957年出山東長清
✦✦作父乙卣	《集成》5202	殷	✦✦乍父乙尊彝（6字）	
亞窒父乙卣	《集成》5203	殷	亞窒父乙帝夨（6字）	
盨作父乙卣	《集成》5205	殷	盨采乍父乙彝（蓋6字）盨乍父乙彝（器5字）	盨字原無釋
亞矢望父乙卣	《集成》5206	殷	亞丩矢望父乙（6字）	
父丙卣	《集成》5208	殷	弓天兼木（禾）父丙（6字）	
作丁玨卣	《集成》5211	殷	乍丁玨隲彝黿（6字）	黿原作奄
亞古父己卣	《集成》5215	殷	亞古乍父己彝（6字）	
亞齀作季卣	《集成》5238	殷	亞齀乍季隲彝（6字）	齀或釋醜
且丁父癸卣	《集成》5265	殷	主己且丁父癸盉（7字）	
釐作匕癸卣	《集成》5266	殷	釐乍匕癸隲彝🐟（7字）	
亞褱父丁卣	《集成》5271	殷	亞褱窒孤竹父丁（7字）	
尸作父己卣	《集成》5280	殷	魁尸作父己隲彝（7字）	

器名及數量	出　　處	時　代	釋文及字數	備　註
𧃍父己卣	《集成》5281	殷	虞父己乍寶障彝（7字）	𧃍古虞字
𦐁乍作父辛卣	《集成》5285	殷	𦐁乍乍父辛障彝（7字）	
竟作父辛卣蓋	《集成》5286	殷	竟乍父辛寶障彝（7字）	
作父壬卣	《集成》5289	殷	乍父壬寶障彝𡩗（7字）	
亞其矣作母辛卣（3器）	《集成》5292～5294	殷	亞其矣乍母辛彝（7字）	矣古疑字
騫作母癸卣	《集成》5295	殷	騫乍母癸亞旲矣（7字）	矣古疑字
剌作兄日辛卣	《集成》5338	殷	剌乍兄日辛障彝亞𣄧（9字）	
舸作兄日壬卣	《集成》5339	殷	舸作兄日壬寶障彝乃（9字）	
父乙告田卣	《集成》5347	殷	亞啓父乙（蓋4字）鳥父乙母告田（器6字）	
婦𡏛卣（2器）	《集成》5349、5350	殷	婦𡏛乍文姑日癸障彝虞（10字）	虞原作𧃍
小臣兒卣	《集成》5351	殷	女子小臣兒乍己尊彝虞（10字）	虞原作𧃍
寓卣	《集成》5353	殷	辛卯子易寓貝用乍凡彝寓（11字，器蓋同銘）	原作10字
就𦦟作父癸卣	《集成》5360	殷	亞橐就𦦟乍父癸寶尊彝虞（11字）	虞原作𧃍
懋卣	《集成》5362	殷	懋乍文父日丁寶障旅彝虞（11字）	虞原作𧃍

器名及數量	出　　處	時　代	釋文及字數	備　註
宛作母乙卣	《集成》5367	殷	丙寅王易宛貝朋用乍母乙彝（12字）	
子作婦嫿卣	《集成》5375	殷	子乍婦嫿彝女子母庚弁祀障彝𤖕其（15字）	
孝（𫍙）卣	《集成》5377	殷	□𫍙易孝貝用乍且丁父□亞量侯癸（15字）	癸古疑字
小臣𤧐卣（2器）	《集成》5378、5379	殷	王易小臣𤧐易才𤰰用乍且乙障㚔尤𤴂（16字）	
馭卣	《集成》5380	殷	酓辛子王易馭）（貝一朋用乍父己障彝（16字）	馭字原隸定稍異
小子𧴪卣	《集成》5394	殷	甲寅子商小子𧴪貝五朋𧴪𤩴君商用乍父己寶彝廣（21字）	蓋器同銘，行款稍異。廣原作獎
宰甫卣	《集成》5395	殷	王來獸自豆麓才𩵋𣌭王卿酉王光宰甫貝五朋用乍寶障（23字）	
毓且丁卣	《集成》5396	殷	辛亥王才廥降令曰歸禂于我多高七炎易㪍用乍毓且丁障𠅏（24字）	傳出洛陽。
二祀㓝其卣	《集成》5412	殷	丙辰王令㓝其兄𧶻殷于羍田家貝五朋才正月遘于七丙彡日大乙𡘾隹王二祀既𫍙于	出安陽。

器名及數量	出　　處	時　代	釋文及字數	備　註
			上帝亞𤠔父丁（蓋、內底各 4 字，外底 31 字）	
四祀切其卣	《集成》5413	殷	乙巳王曰障文武帝乙宜才召大廳邁匕乙翌日丙午𩰫丁未煮己酉王棆切其易貝才四月隹王四祀翌日亞𤠔父丁（蓋、內底各 4 字，外底 41 字）	出安陽。子巳同形。據銘文知作乙巳。
六祀切其卣	《集成》5414	殷	乙亥切其易乍冊𡚬𡘋琂用乍且癸障彝才六月隹王六祀翌日亞𤠔（27 字）	
小子𢀖卣	《集成》5417	帝辛	乙巳＝令小子𢀖先以人于𤃋子光商𢀖貝一朋子曰貝售蔑女曆𢀖用乍母辛彝才十月隹子口令望人方𢆷虞母辛（蓋 45 字，器 3 字）	巳子同形。巳下有重文號，據銘文則應讀為子。售，口在隹下，或作唯，或作二字。虞原作𤝸
天尊	《集成》5441	殷	天（1 字）	
夫尊	《集成》5442	殷	夫（1 字）	
𠂤尊	《集成》5443	殷	𠂤（1 字）	
𡿫尊	《集成》5444	殷	𡿫（1 字）	
何尊	《集成》5445	殷	何（1 字）	
羑尊	《集成》5446	殷	美（1 字）	羑古美字
𤝸尊	《集成》5447	殷	虞（1 字）	𤝸古虞字

器名及數量	出　　處	時代	釋文及字數	備　註
旂尊	《集成》5448	殷	旂（1字）	
又尊（2器）	《集成》5449、5450	殷	又（1字）	
𝌲尊	《集成》5451	殷	𝌲（1字）	傳出安陽
口尊	《集成》5452	殷	口（1字）	
正鴞尊	《集成》5454	殷	正（1字）	
史尊（7器）	《集成》5455～5461	殷	史（1字）	
冊尊	《集成》5463	殷	冊（1字）	
㠭尊	《集成》5464	殷	㠭（1字）	㠭古箙字
戉尊	《集成》5466	殷	戉（1字）	原無釋
我尊	《集成》5467	殷	我（1字）	原無釋
戈尊（4器）	《集成》5468～5471	殷	戈（1字）	5469 傳出安陽
麀鳥形尊	《集成》5477	殷	麀（1字）	出安陽
獸形銘鳥尊	《集成》5478	殷	（1字）	傳出安陽
甲尊	《集成》5480	殷	甲（1字）	
㠭尊	《集成》5481	殷	（1字）	
甲尊	《集成》5482	殷	甲（1字）	5480～5482 三銘似爲一字
冉尊（5器）	《集成》5483～5487	殷	冉（1字）	
冄尊	《集成》5488	殷	冄（1字）	原無釋
㠭尊	《集成》5491	殷	（1字）	
入尊（2器）	《集成》5493、5494	殷	入（1字）	
㠭尊	《集成》5495	殷	（1字）	
凡尊	《集成》5497	殷	凡（1字）	
合尊（2器）	《集成》5498、5499	殷	合（1字）	
𣏗尊	《集成》5500	殷	𣏗（1字）	
宀尊	《集成》5501	殷	宀（1字）	

器名及數量	出　　處	時　代	釋文及字數	備　註
櫜尊	《集成》5502	殷	櫜（1字）	字作🐟，似可釋"櫜"。
串尊	《集成》5503	殷	串（1字）	
夲尊	《集成》5505	殷	夲（1字）	夲或作夸
爻尊	《集成》5506	殷	爻（1字）	出山東滕縣
丰尊	《集成》5507	殷	丰（1字）	
🔻尊	《集成》5508	殷	🔻（1字）	
㡴尊	《集成》5509	殷	㡴（1字）	
且戊尊	《集成》5510	殷	且戊（2字）	
鳥且犠尊	《集成》5514	殷	鳥且（2字）	
父乙尊	《集成》5516	殷	父乙（2字）	
父己尊	《集成》5526	殷	父己（2字）	
父辛尊（3器）	《集成》5530～5531	殷	父辛（2字）	
婦好方尊	《集成》5535	武丁～	婦好（2字）	1976年出殷墟。
婦好鴞尊（2器）	《集成》5536、5537	武丁～	婦好（2字）	1976年出殷墟。
司娉尊（2器）	《集成》5538、5539	武丁～	后母𪔲（3字）	據「后母辛」文例「司娉」宜作「后母𪔲」。1976年出殷墟。
子𤔲尊（2器）	《集成》5540、5541	武丁～	子𤔲（2字）	1976年出殷墟。
子漁尊	《集成》5542	武丁～	子漁（2字）	1976年出殷墟。
子𪔲尊	《集成》5543	殷	子𪔲（2字）	
匿乙尊	《集成》5545	殷	匿乙（2字）	
乙丮尊	《集成》5546	殷	乙丮（2字）	丮字原無釋
丁丮尊（2器）	《集成》5547、5548	殷	丁丮（2字）	丮字原無釋
丮丁尊	《集成》5549	殷	丮丁（2字）	丮字原無釋
夲丁尊	《集成》5550	殷	夲丁（2字）	
丮己尊	《集成》5551	殷	丮己（2字）	丮字原無釋

器名及數量	出　　處	時代	釋文及字數	備　註
辛聿尊	《集成》5555	殷	辛聿（2字）	
攄𤠔尊	《集成》5556	殷	攄廣（2字）	𤠔古廣字，攄字原隸定稍異。傳出山東費縣
⚘耳尊	《集成》5558	殷	⚘耳（2字）	
亞醜尊（3器）	《集成》5559～5561	殷	亞醜（2字）	醜或釋醜
亞醜方尊（2器）	《集成》5562、5563	殷	亞醜（2字）	醜或釋醜
亞酤尊	《集成》5564	殷	亞酤（2字）	
亞龜鴞尊	《集成》5565	殷	亞龜（2字，器蓋同銘）	
亞守尊	《集成》5566	殷	亞守（2字）	
亞𡳆尊	《集成》5567	殷	亞𡳆（2字）	
亞矣尊	《集成》5570	殷	亞矣（2字）	傳出殷墟西北崗
亞𩵋尊	《集成》5571	殷	亞𩵋（2字）	
亞奚尊	《集成》5572	殷	亞奚（2字）	
𦥑冊尊	《集成》5573	殷	𦥑冊（2字）	
鄉宁尊	《集成》5577	殷	卿宁（2字）	鄉宜作卿
夲旅尊（2器）	《集成》5578、5579	殷	夲旅（2字）	
韋辰尊	《集成》5580	殷	韋辰（2字）	韋字原無釋
丩毌尊	《集成》5583	殷	丩毌（2字）	原無釋
𤖤毌刀尊	《集成》5584	殷	𤖤毌刀（2字）	
丹𥂉尊	《集成》5587	殷	丹𥂉（2字）	丹字原無釋
魚□尊	《集成》5589	殷	魚□（2字）	1974年出遼寧喀左
買車尊	《集成》5590	殷	買車（2字）	
𨽻息尊	《集成》5595	殷	𨽻息（2字，又合文1）	1979年出河南羅山。息當作四（泗）
黿且乙尊	《集成》5598	殷	黿且乙（3字）	黿原作𪓑
亞匕辛尊	《集成》5612	殷	亞匕辛（3字）	

器名及數量	出　　　處	時　代	釋文及字數	備　註
山父乙尊	《集成》5614	殷	山父乙（3字）	
東乙父尊	《集成》5615	殷	東乙父（3字）	東字原無釋
⿰父乙尊	《集成》5617	殷	⿰父乙（3字）	
冄父乙尊	《集成》5620	殷	冄父乙（3字）	冄字原無釋
休父乙尊	《集成》5626	殷	休父乙（3字）	
母父丁尊（2器）	《集成》5627、5628	殷	母父丁（3字）	
父丁虤尊	《集成》5629	殷	父丁虤（3字）	虤古虞字
韋父丁尊	《集成》5631	殷	韋父丁（3字）	韋字從口從四止。原無釋
⿱父丁尊	《集成》5632	殷	⿱父丁（3字）	
父丁⿱尊	《集成》5634	殷	父丁（3字）	
父丁魚尊	《集成》5635	殷	父丁魚（3字）	
豕丁尊（2器）	《集成》5637、5638	殷	豕父丁（3字）	豕原作豕
天父戊尊	《集成》5640	殷	天父戊（3字）	
⿱父戊尊	《集成》5641	殷	⿱父戊（3字）	
山父戊尊	《集成》5642	殷	山父戊（3字）	
⿰父己尊	《集成》5643	殷	⿰父己（3字）	
韋父己尊	《集成》5646	殷	韋父己（存3字）	韋字原無釋
鼎父己尊（2器）	《集成》5648、5649	殷	鼎父己（3字）	
⿱父己尊	《集成》5650	殷	⿱父己（3字）	
己父尊	《集成》5651	殷	己父⿰（3字）	
黿父辛尊	《集成》5655	殷	黿父辛（3字）	黿原作黿
丑父辛尊	《集成》5657	殷	丑父辛（3字）	
⿱父辛尊	《集成》5658	殷	⿱父辛（3字）	
史父壬尊	《集成》5662	殷	史父壬（3字）	
⿱父壬尊	《集成》5664	殷	⿱父壬（3字）	
厎父癸尊	《集成》5668	殷	厎父癸（3字）	

器名及數量	出　　處	時代	釋文及字數	備　註
戈父癸尊	《集成》5669	殷	戈父癸（3字）	
联父癸尊	《集成》5670	殷	联父癸（3字）	
咠父癸尊	《集成》5671	殷	咠父癸（3字）	咠字原無釋
🔲父癸尊	《集成》5673	殷	🔲父癸（3字）	
🔲父癸尊	《集成》5674	殷	🔲父癸（3字）	
鳥父癸尊	《集成》5677	殷	鳥父癸（3字）	
黿父癸尊	《集成》5678	殷	黿父癸（3字）	黿原作奄
司婂癸方尊（2器）	《集成》5680、5681	武丁～	后母彙癸（4字）	據「后母辛」文例「司婂癸」宜作「后母彙癸」。1976年出殷墟
🔲齊婡尊	《集成》5686	殷	🔲齊婡（3字）	原未釋
嗇見冊尊	《集成》5694	殷	嗇見冊（3字）	傳出安陽
双🔲🔲尊	《集成》5696	殷	双🔲🔲（3字）	
子且辛步尊	《集成》5716	殷	子且辛步（4字）	
🔲鮒父丁尊（2器）	《集成》5721、5722	殷	🔲鮒父丁（4字）	
🔲冊父丁尊	《集成》5724	殷	🔲冊父丁（4字）	
子父乙步尊	《集成》5726	殷	子父乙步（4字）	
亞醜父乙尊	《集成》5728	殷	亞醜父乙（4字）	醜或釋醜
豙馬父乙尊	《集成》5729	殷	豙馬父乙（4字）	豙原作豙
亞戍父乙尊	《集成》5730	殷	亞戍父乙（4字）	
絲鼎父乙尊	《集成》5731	殷	絲鼎父乙（4字）	
亞醜父丁尊	《集成》5735	殷	亞醜父丁（4字）	醜或釋醜
亞獏父丁尊	《集成》5736	殷	亞獏父丁（4字）	
凵丑父戊尊	《集成》5739	殷	凵丑父戊（4字）	凵丑二字原無釋
又羡父己尊	《集成》5740	殷	又羡父己（4字）	
尹舟父乙尊	《集成》5741	殷	尹舟父乙（4字）	
亞父辛尊	《集成》5745	殷	亞父辛🔲（4字）	

器名及數量	出　　處	時　代	釋文及字數	備　註
亞韓父辛尊	《集成》5747	殷	亞韓父辛（4字）	
韋筍父辛尊	《集成》5748	殷	韋筍父辛（4字）	韋筍二字原無釋。筍古籤字
⬧父辛尊	《集成》5749	殷	⬧父辛（4字）	
亞天父癸尊	《集成》5751	殷	亞天父癸（4字）	
秣冊父癸尊（2器）	《集成》5753、5754	殷	秣冊父癸（4字）	秣原作刕
何父癸尊	《集成》5756	殷	何父癸□（4字）	
何父癸⬧尊	《集成》5757	殷	何父癸⬧（4字）	
弓㝓父癸尊	《集成》5758	殷	弓㝓父癸（4字）	
聑而婦⬧尊	《集成》5760	殷	聑而婦⬧（4字）	1952年出河南輝縣
作且戊尊	《集成》5794	殷	乍且戊尊彝（4字）	
⬧父辛尊	《集成》5802	殷	⬧父辛以鷄（5字）	
亞醜作季尊	《集成》5840	殷	亞醜乍季尊彝（6字）	醜或釋醜
旁作母癸尊	《集成》5888	殷	亞㫃矣旁乍母癸（7字）	
亞醜父乙尊	《集成》5894	殷	亞醜酘乍父乙尊彝（8字）	醜或釋醜
亞覃尊	《集成》5911	殷	亞丁覃乙受甲共辛（8字）	共或釋弁。1972年出殷墟
亞䄱父辛尊	《集成》5926	殷	亞䄱遊⬧乍父辛彝尊（9字）	
者醜方尊（2器）	《集成》5935、5936	殷	亞醜者婀以大子尊彝（9字）	醜或釋醜
亞若癸尊（2器）	《集成》5937、5938	殷	亞受斿丁若癸𦥑乙止乙（10字，原作9字）	

器名及數量	出　　處	時代	釋文及字數	備　註
亞覃尊	《集成》5949	殷	亞丁覃乙受甲日丁共辛（10字）	共或釋弁。1972年出殷墟
𤔲作父辛尊	《集成》5965	殷	子光寶子廣啟貝用乍文父辛尊彝（13字）	𤔲系誤摹。器名當作子光尊。廣字古作𤰚
小子夫父乙尊	《集成》5967	殷	𤔲商小子夫貝一朋用乍父己尊彝丰𢀳（14字，又合文2）	
執尊	《集成》5971	殷	□□洛于宮丙□易聿執用乍父尊彝（存14字）	
小臣艅犀尊	《集成》5990	帝辛	丁巳王眚夔京王易小臣艅夔貝隹王來正人方隹王十祀又五乡日（26字又合文1）	
辛觶	《集成》6017	殷	辛（1字）	1976年出山西靈石
癸觶（2器）	《集成》6018、6019	殷	癸（1字）	
子觶	《集成》6020	殷	子（1字）	
𤰚觶（3器）	《集成》6022～6024	殷	廣（1字）	𤰚古廣字。6022省片。
夫觶	《集成》6025	殷	夫（1字）	
𠦪觶	《集成》6026	殷	𠦪（1字）	𠦪當古芋字
羞觶	《集成》6028	殷	羞（1字。器蓋同銘，三處有字）	
光觶	《集成》6030	殷	光（1字）	出安陽
旂𠂤觶	《集成》6032	殷	旂𠂤（2字）	1963年出山東蒼山。原釋有誤。原篆當二字
舌觶	《集成》6033	殷	舌（1字）	
鳴觶	《集成》6034	殷	鳴（1字）	

器名及數量	出　　處	時代	釋文及字數	備　註
🔲觶	《集成》6035	殷	🔲（1字）	出安陽西北崗
歷觶蓋	《集成》6036	殷	歷（1字）	
歷觶	《集成》6037	殷	歷（1字）	
徙觶	《集成》6038	殷	徙（1字）	
艮觶	《集成》6039	殷	艮（1字）	
聿觶	《集成》6040	殷	聿（1字）	
受觶	《集成》6041	殷	受（1字）	
奔觶	《集成》6042	殷	奔（1字，器蓋同銘）	
鼓觶	《集成》6044	殷	鼓（1字）	
史觶（3器）	《集成》6045～6047	殷	史（1字）	
史觶蓋	《集成》6048	殷	史（1字）	
🔲觶（2器）	《集成》6050、6051	殷	🔲（1字）	6051傳出安陽
筍觶	《集成》6052	殷	筍（1字）	筍古箙字，原無釋
戈觶（3器）	《集成》6053～6055	殷	戈（1字）	
癹觶	《集成》6067	殷	癹（1字）	原無釋
犧形銘觶	《集成》6069	殷	🐴（1字）	
萬觶	《集成》6070	殷	萬（1字）	
鳶觶	《集成》6072	殷	鳶（1字）	出河南洛陽
🔲觶（2器）	《集成》6073、6074	殷	🔲（1字）	
冉觶	《集成》6077	殷	冉（1字）	原無釋
旬觶	《集成》6083	殷	旬（1字）	
串觶	《集成》6085	殷	串（1字）	
且丁觶	《集成》6093	殷	且丁（2字）	
父乙觶（2器）	《集成》6097、6099	殷	父乙（2字）	1957年出山東長清
乙父觶	《集成》6098	殷	乙父（2字，器蓋同銘）	出安陽

器名及數量	出　　　處	時　代	釋文及字數	備　註
父丁觶（5器）	《集成》6103～6107	殷	父丁（2字）	
父戊觶	《集成》6115	殷	父戊（2字）	1973年出山東鄒縣
父己觶（2器）	《集成》6119、6120	殷	父己（2字）	
母戊觶	《集成》6134	殷	母戊（2字）	
子媚觶	《集成》6136	殷	子媚（2字，器蓋同銘）	傳出安陽。媚字原無釋
子𣫏觶（2器）	《集成》6137、6038	殷	子𣫏（2字）	
子刀觶	《集成》6139	殷	子刀（2字）	
子弓觶	《集成》6140	殷	子弓（2字）	
婦好觶	《集成》6141	武丁～	婦好（2字）	1976年出婦好墓
婦冬觶	《集成》6142	殷	婦冬（2字）	
山婦觶	《集成》6144	殷	山婦（2字）	
守婦觶（2器）	《集成》6145、6146	殷	守婦（2字）	守字原無釋
✳婦觶	《集成》6147	殷	✳婦（2字）	傳出安陽
婦姦觶	《集成》6148	殷	婦姦（2字）	傳出安陽
孟女觶	《集成》6149	殷	孟女（2字）	
藋母觶	《集成》6150	殷	藋母（2字）	
彝𤯔觶	《集成》6152	殷	彝𤯔（2字）	
𣎵辛觶	《集成》6153	殷	𣎵辛（2字）	
戈辛觶	《集成》6154	殷	戈辛（2字）	
聃𣎵觶	《集成》6155	殷	聃𣎵（2字）	
亞矣觶	《集成》6156	殷	亞矣（2字）	矣古疑字
亞𣥂觶	《集成》6157	殷	亞𣥂（2字）	𣥂當古𡥀字
亞徹觶	《集成》6158	殷	亞徹（2字，器蓋同銘）	
亞醜觶（2器）	《集成》6159、6160	殷	亞醜（2字）	醜或釋醜。原無釋
亞重觶	《集成》6162	殷	亞重（2字）	
亞井觶	《集成》6163	殷	亞井（2字）	

器名及數量	出　處	時 代	釋文及字數	備　註
亞[illegible]觶	《集成》6164	殷	亞[illegible]（2 字）	
亞隻觶蓋	《集成》6165	殷	亞隻（2 字）	
冊[illegible]觶	《集成》6172	殷	冊[illegible]（2 字）	
冄丁觶	《集成》6176	殷	冄丁（2 字）	冄字原無釋
冄戊觶	《集成》6177	殷	冄戊（2 字）	出山東。冄字原無釋
冄辛觶	《集成》6178	殷	冄辛（2 字）	冄字原無釋
冄岕觶	《集成》6179	殷	冄岕（2 字，器蓋同銘）	原無釋
爰[illegible]觶	《集成》6180	殷	爰[illegible]（2 字）	
弔龜觶	《集成》6182	殷	弔龜（2 字）	
庚豕觶	《集成》6183	殷	庚豕（2 字）	1982 年出安陽
羊[illegible]觶	《集成》6184	殷	羊[illegible]（2 字）	1982 年出河北正定
攎[illegible]觶	《集成》6187	殷	攎虞（2 字，器蓋同銘）	[illegible]古虞字。攎字原隸定稍異。傳出山東費縣
北單觶	《集成》6188	殷	北單（2 字）	
倗舟觶	《集成》6189	殷	倗舟（2 字）	
車觶	《集成》6190	殷	車[illegible]（2 字）	
告田觶	《集成》6191	殷	告田（2 字）	
史且乙觶	《集成》6200	殷	史且乙（3 字）	
[illegible]且丙觶	《集成》6202	殷	[illegible]且丙（3 字）	
我且丁觶	《集成》6205	殷	我且丁（3 字）	我字原無釋
[illegible]且丁觶	《集成》6206	殷	[illegible]且丁（3 字）	
監且丁觶	《集成》6207	殷	監且丁（3 字）	
[illegible]且戊觶	《集成》6208	殷	[illegible]且戊（3 字）	
戈且己	《集成》6209	殷	戈且己（3 字）	
子且己觶	《集成》6210	殷	子且己（3 字）	

器名及數量	出　　處	時 代	釋文及字數	備　註
奴且癸觶	《集成》6212	殷	奴且癸（3字）	出安陽
征中且觶	《集成》6213	殷	征中且（3字）	
戉父乙觶	《集成》6224	殷	戉父乙（3字）	
牧父乙觶	《集成》6226	殷	牧父乙（3字）	
✦父乙觶	《集成》6228	殷	✦父乙（3字）	
受父乙觶	《集成》6229	殷	受父乙（3 字，器蓋同銘）	
✦父乙觶	《集成》6231	殷	✦父乙（3字）	
父乙✦觶	《集成》6233	殷	父乙✦（3字）	
✦父乙觶	《集成》6234	殷	✦父乙（3字）	
✦父乙觶	《集成》6237	殷	✦父乙（3字）	
✦父乙觶	《集成》6238	殷	✦父乙（3字）	
寏父乙觶	《集成》6240	殷	寏父乙（3字）	
豪父乙觶	《集成》6245	殷	豪父乙（3字）	豪原作豪
重父丙觶	《集成》6249	殷	重父丙（3字）	
戈父丙觶	《集成》6251	殷	戈父丙（3字）	
廣父丁觶	《集成》6255	殷	黃父丁（3字）	黃古廣字
✦父丁觶	《集成》6256	殷	✦父丁（3字）	
萬父丁觶	《集成》6257	殷	萬父丁（3字）	
舌父丁觶	《集成》6260	殷	舌父丁（3 字。器蓋同銘）	
爻父丁觶	《集成》6263	殷	爻父丁（3字）	1958年出山東滕縣
臼父丁觶	《集成》6264	殷	臼父丁（3 字）	
冉父丁觶	《集成》6267	殷	冉父丁（3字）	冉字原無釋
字父己觶	《集成》6270	殷	字父己（3字）	
✦父己觶	《集成》6271	殷	✦父己（3字）	
史父己觶	《集成》6272	殷	史父己（3字）	
主父己觶	《集成》6274	殷	主父己（3字）	

器名及數量	出　　　處	時　代	釋文及字數	備　註
𢆉父己觶	《集成》6275	殷	𢆉父己（3字）	𢆉字原無釋
𢆉父己觶	《集成》6279	殷	𢆉父己（3字）	
木父己觶	《集成》6280	殷	木父己（3字，器蓋同銘）	
帆父己觶	《集成》6282	殷	帆父己（3字）	
己父毛觶	《集成》6283	殷	己父毛（3字）	1982年出河北正定
𤰞父己觶	《集成》6285	殷	𤰞父己（3字）	
父己𤲒觶	《集成》6286	殷	父己𤲒（3字）	
守父己觶	《集成》6287	殷	守父己（3字）	守字原無釋
黿父己觶	《集成》6289	殷	黿父己（3字）	黿原作奄
萬父己觶	《集成》6291	殷	萬父己（3字。器蓋同銘）	
子父庚觶	《集成》6292	殷	子父庚（3字）	
𩵋父庚觶	《集成》6294	殷	𩵋父庚（3字）	
子父辛觶	《集成》6296	殷	子父辛（3字）	
立父辛觶	《集成》6297	殷	立父辛（3字）	
矣父辛觶	《集成》6298	殷	矣父辛（3字）	
虤父辛觶（2器）	《集成》6300、6301	殷	虞父辛（3字）	虤古虞字，6301省片
父辛戈觶	《集成》6303	殷	父辛戈（3字）	
戈父辛觶	《集成》6304	殷	戈父辛（3字）	
父辛𦥑觶	《集成》6306	殷	父辛𦥑（3字）	
𠆣父辛觶	《集成》6308	殷	𠆣父辛（3字）	
守父辛觶	《集成》6211	殷	守父辛（3字）	傳出陝西寶鷄。守字原無釋
羊父辛觶	《集成》6315	殷	羊父辛（3字）	
重父癸觶（2器）	《集成》6324、6325	殷	重父癸（3字）	

器名及數量	出　　處	時 代	釋文及字數	備　註
[illegible]父癸觶（2器）	《集成》6326、6327	殷	虡父癸（3字）	[illegible]古虡字
妌父癸觶	《集成》6328	殷	妌父癸（3字）	妌字原未隸定
臤父癸觶	《集成》6338	殷	臤父癸（3字）	1977年出安陽
爰父癸觶	《集成》6339	殷	爰父癸（3字，器蓋同銘）	
魚父癸觶	《集成》6343	殷	魚父癸（3字）	1953年出陝西岐山
戠父癸觶	《集成》6344	殷	戠父癸（3字）	
[illegible]母辛觶	《集成》6345	殷	虡母辛（3字，器蓋同銘）	[illegible]古虡字
婦亞弜觶	《集成》6346	殷	婦亞弜（3字）	
龏女子觶	《集成》6349	殷	龏女子（蓋3字，器2字）	
子癸䵻觶	《集成》6351	殷	子癸䵻（3字，器蓋同銘）	
齒兄丁觶	《集成》6353	殷	齒兄丁（3字）	
兄丁𦍶觶	《集成》6354	殷	兄丁𦍶（3字，器蓋同銘）	
[illegible]兄辛觶	《集成》6355	殷	[illegible]兄辛（3字，器蓋同銘）	
亞冄觶	《集成》6356	殷	亞[illegible]冄（3字，器1蓋2）	冄字原無釋
秉田戊觶	《集成》6357	殷	秉田戊（3字）	
[illegible]冊𩫖觶	《集成》6358	殷	[illegible]冊𩫖（3字）	
[illegible]省觶	《集成》6359	殷	[illegible]省（3字）	
臼作衛觶	《集成》6360	殷	臼乍衛（3字）	
西單𠬝觶	《集成》6364	殷	西單𠬝（3字）	
唐子且乙觶	《集成》6367	殷	唐子且乙（4字）	
徙作且丁觶	《集成》6368	殷	徙乍且丁（4字）	
且己觶	《集成》6370	殷	[illegible]且己（4字）	
𡨦冊父乙觶	《集成》6380	殷	𡨦冊父乙（4字）	

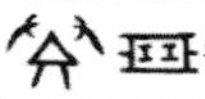

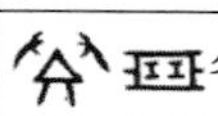

器名及數量	出　　處	時　代	釋文及字數	備　註
庚豕父乙觶	《集成》6381	殷	庚豕父乙（4字）	1982 年出安陽。
鄉宁父乙觶	《集成》6382	殷	卿宁父乙（4字）	鄉字宜作卿
冉父乙觶	《集成》6383	殷	岕冉父乙（4字）	冉岕二字原無釋
西單父乙觶	《集成》6384	殷	西單父乙（4字）	1940 年出安陽。
聑日父乙觶	《集成》6385	殷	聑日父乙（4字）	
荀🔲父乙觶	《集成》6386	殷	荀🔲父乙（4字）	荀古籚字
冉🔱父丙觶	《集成》6389	殷	冉🔱父丙（4字）	冉字原無釋
㠱冊父丁觶	《集成》6390	殷	㠱冊父丁（4字）	
典弜父丁觶	《集成》6393	殷	典弜父丁（4字）	
冉🔱父丁觶	《集成》6394	殷	冉🔱父丁（4字）	冉字原無釋
亞丏父丁觶	《集成》6395	殷	亞丏父丁（4字）	
西單父丁觶	《集成》6396	殷	西單父丁（4字）	
告宁父戊觶	《集成》6398	殷	告宁父戊（4字）	
子🔲父己觶	《集成》6399	殷	子🔲父己（4字）	
辰韋父己觶	《集成》6400	殷	辰韋父己（4字）	1950 年出安陽。韋字原無釋
父己矢🔲觶	《集成》6401	殷	父己矢🔲（4字）	
亞𡘖父己觶	《集成》6404	殷	亞𡘖父己（4字）	
子🔲父辛觶	《集成》6410	殷	子🔲父辛（4字）	
子韋父癸觶	《集成》6420	殷	辰韋父己（4字）	韋字原無釋
尹舟父癸觶	《集成》6422	殷	尹舟父癸（4字）	
齊豿父癸觶	《集成》6423	殷	齊豿父癸（4字）	齊字原無釋
父癸何觶	《集成》6424	殷	父癸何🔲（4字）	傳出安陽
🔲作父癸觶	《集成》6426	殷	🔲乍父癸（4字）	
光作母辛觶	《集成》6427	殷	光乍母辛（4字）	
婦𡥀冊觶	《集成》6428	殷	婦🔲𡥀冊（4字）	
㚚兄日壬觶	《集成》6429	殷	㚚兄日壬（4字）	

器名及數量	出　　　處	時　代	釋文及字數	備　　註
亞若癸觶	《集成》6430	殷	亞若癸丹（蓋3字器1字）	丹字原無釋
作册從彝觶	《集成》6435	殷	乍册從彝（4字）	1931年出益都。
登串父丁觶	《集成》6443	殷	鷄登串父丁（5字）	鷄字或作屬
小集母乙觶	《集成》6450	殷	✳ 小集母乙（器4字蓋5字）	1962年出安陽。
邑且辛父辛觶	《集成》6463	殷	邑且辛父辛云（6字）	1982年出安陽。
亞夨匕辛觶	《集成》6464	殷	亞曩侯匕辛夨（6字）	
敇作父癸觶	《集成》6474	殷	敇乍父癸彝舟（6字）	
亞示作父乙觶	《集成》6484	殷	亞示乍父乙障彝（7字）	示字原無釋
子达觶	《集成》6485	殷	子达乍兄日辛彝（7字）	
子作父戊觶	《集成》6496	殷	子乍父戊彝狄从（7字）	狄字或可作犬山二字。
何作丁辛觶	《集成》6505	殷	何乍執丁辛障彝亞得（9字）	
且觚	《集成》6520	殷	且（1字）	
母觚	《集成》6521	殷	母（1字）	
婦觚	《集成》6522	殷	婦（1字）	
媓觚	《集成》6523	殷	媓（1字）	
子觚（6器）	《集成》6524～6529	殷	子（1字）	6524于1969年出山西石樓，6525、6526于1952年出輝縣。
字觚	《集成》6530	殷	字（1字）	
団觚	《集成》6531	殷	団（1字）	
旅觚（5器）	《集成》6532～6536	殷	旅（1字）	

器名及數量	出　　　處	時　代	釋文及字數	備　註
盉觚	《集成》6537	殷	盉（1字）	
羨桑觚	《集成》6538	殷	羨（1字）	桑古羨字
𡥚觚（3器）	《集成》6539～6541	殷	舁（1字）	𡥚當古舁字。6539 于 1957 年出山東長清。
天觚（4器）	《集成》6542～6545	殷	天（1字）	
屰觚	《集成》6546	殷	屰（1字）	
𦥑觚（3器）	《集成》6549～6551	殷	𦥑（1字）	
Y觚	《集成》6552	殷	Y（1字）	
夭觚（3器）	《集成》6553～6555	殷	夭（1字）	原無釋
斐觚	《集成》6556	殷	斐（1字）	
参觚（2器）	《集成》6557～6558	殷	参（1字）	
矢觚	《集成》6559	殷	矢（1字）	
𡕢觚	《集成》6560	殷	𡕢（1字）	
奚觚	《集成》6561	殷	奚（1字）	
徯觚（3器）	《集成》6562～6564	殷	徯（1字）	
𠃛觚	《集成》6565	殷	𠃛（1字）	
畬觚（2器）	《集成》6566～6567	殷	畬（1字）	原無釋
重觚（2器）	《集成》6568、6569	殷	重（1字）	
弔觚	《集成》6570	殷	弔（1字）	
呑觚	《集成》6572	殷	呑（1字）	
𠯑觚	《集成》6573	殷	𠯑（1字）	
吲觚	《集成》6574	殷	吲（1字）	
𡕢觚	《集成》6575	殷	𡕢（1字）	
役觚	《集成》6576	殷	役（1字）	
何觚	《集成》6577	殷	何（1字）	出安陽。
牽牲形銘觚	《集成》6578	殷	🐂（1字）	

器名及數量	出　　　處	時　代	釋文及字數	備　註
竝觚	《集成》6579	殷	竝（1字）	
舌觚（2器）	《集成》6580、6581	殷	舌（1字）	
朙觚	《集成》6582	殷	朙（1字）	
叟觚（2器）	《集成》6583、6584	殷	叟（1字）	
耴觚	《集成》6586	殷	耴（1字）	
帆觚	《集成》6587	殷	帆（1字）	
左觚	《集成》6588	殷	左（1字）	
守觚（4器）	《集成》6589～6592	殷	守（1字）	
啓觚（2器）	《集成》6593～6594	殷	啓（1字）	原隸定稍異。1967年出河北磁縣
臤觚（2器）	《集成》6595、6596	殷	臤（1字）	6595于1963年出山西永和；6596于1957年出山東長清
友觚	《集成》6597	殷	友（1字）	出安陽。原篆未釋
寅（黃）觚	《集成》6598	殷	寅（黃）（1字）	
奴觚	《集成》6599	殷	奴（1字）	
共觚	《集成》6600	殷	共（1字）	
受觚（3器）	《集成》6601～6603	殷	受（1字）	6602傳出安陽。
仚觚	《集成》6604	殷	仚（1字）	
弾觚	《集成》6605	殷	弾（1字）	
秉觚	《集成》6606	殷	秉（1字）	
史觚（17器）	《集成》6607～6623	殷	史（1字）	
冊觚	《集成》6624	殷	冊（1字）	
宁觚	《集成》6625	殷	宁（1字）	
傘觚（2器）	《集成》6626、6627	殷	傘（1字）	
奔觚（3器）	《集成》6628～6630	殷	奔（1字）	
圉觚	《集成》6631	殷	圉（1字）	1976年出河北趙縣。

器名及數量	出　處	時 代	釋文及字數	備　註
步觚	《集成》6632	殷	步（1字）	
徙觚	《集成》6633	殷	徙（1字）	
得觚（2器）	《集成》6634、6635	殷	得（1字）	
正觚	《集成》6636	殷	正（1字）	
觚	《集成》6637	殷	（1字）	殆正字之繁構。
韋觚（2器）	《集成》6638、6639	殷	韋（1字）	韋字从口从四止。原無釋
告觚（2器）	《集成》6642、6643	殷	告（1字）	
觚	《集成》6644	殷	（1字）	殆舌字別構。
觚	《集成》6645	殷	（1字）	
貯觚	《集成》6646	殷	貯（1字）	原作宁，誤。
犬觚	《集成》6647	殷	犬（1字）	
豙觚（2器）	《集成》6648、6649	殷	豙（1字）	
剢觚	《集成》6650	殷	剢（1字）	原隸定稍異
豻觚	《集成》6651	殷	豻（1字）	
毚觚	《集成》6652	殷	毚（1字）	
圂觚（2器）	《集成》6653、6654	殷	圂（1字）	
觚	《集成》6655	殷	（1字）	
羊觚（2器）	《集成》6656、6657	殷	羊（1字）	
羍觚	《集成》6658	殷	羍（1字）	
𦍋觚（3器）	《集成》6659～6661	殷	𦍋（1字）	
羖觚（2器）	《集成》6662、6663	殷	羖（1字）	
觚	《集成》6664	殷	（1字）	
麝觚	《集成》6665	殷	麝（1字）	原無釋。或釋麝
鹿觚	《集成》6666	殷	鹿（1字）	
象觚	《集成》6667	殷	象（1字）	1983年出安陽
獸形銘觚	《集成》6668	殷	（1字）	

器名及數量	出　　　處	時　代	釋文及字數	備　　註
獸面形銘觚	《集成》6669	殷	（1字）	
獸觚（2器）	《集成》6670、6671	殷	獸（1字）	獸从單从雙犬
鳥觚（4器）	《集成》6672～6675	殷	鳥（1字）	
鳶觚（3器）	《集成》6676～6678	殷	鳶（1字）	
進觚	《集成》6679	殷	進（1字）	字作隹，即進，从止从辵同意。亦見甲骨文。出安陽
萬觚	《集成》6680	殷	萬（1字）	
黿觚	《集成》6681	殷	黿（1字）	黿原作奄
岕觚	《集成》6682	殷	岕（1字）	原無釋
魚觚（2器）	《集成》6683、6684	殷	魚（1字）	
漁觚（2器）	《集成》6685、6686	殷	漁（1字）	
戈觚（11器）	《集成》6687～6697	殷	戈（1字）	6692 傳 1925 年出土于汝南。
戈釱觚（3器）	《集成》6698～6700	殷	釱（1字）	6700 字形稍異，1977 年出殷墟。
觚	《集成》6701	殷	（1字）	1977 年出殷墟。
觚	《集成》6702	殷	（1字）	1977 年出殷墟。
觚（2器）	《集成》6703、6704	殷	（1字）	1977 年出殷墟。
飛觚	《集成》6705	殷	飛（1字）	1942 年出安陽
姍觚（2器）	《集成》6706、6707	殷	姍（1字）	1963 年出山東蒼山。
戕觚	《集成》6709	殷	戕（1字）	
貲觚	《集成》6710	殷	貲（1字）	原字未隸定
耴觚（5器）	《集成》6711～6715	殷	耴（1字）	銘文从戈从耳，爲戰爭斷耳勝利之象，疑爲職（馘）之初文
觚	《集成》6716	殷	（1字）	

器名及數量	出　　　處	時　代	釋文及字數	備　註
堯觚	《集成》6717	殷	堯（1字）	堯原作奕
伐觚	《集成》6718	殷	伐（1字）	
▮觚	《集成》6719	殷	▮（1字）	
▮觚	《集成》6720	殷	▮（1字）	
夒觚	《集成》6721	殷	夒（1字）	
庚觚	《集成》6722	殷	庚（1字）	
鼎觚	《集成》6724	殷	鼎（1字）	
▮觚（2器）	《集成》6725、6726	殷	▮（1字）	
▮觚	《集成》6727	殷	▮（1字）	傳出安陽
▮觚（10器）	《集成》6728～6737	殷	▮（1字）	前五器與後五器銘文稍異。仍當為一字。其中6735～6737出安陽。
畕觚（2器）	《集成》6738、6739	殷	畕（1字）	原未釋
臺觚	《集成》6740	殷	臺（1字）	
竹觚	《集成》6741	殷	竹（1字）	
木觚（2器）	《集成》6742、6743	殷	木（1字）	
束觚	《集成》6744	殷	束（1字）	1976年出安陽。
▮觚	《集成》6745	殷	▮（1字）	
臣觚	《集成》6746	殷	臣（1字）	出山東鄒縣。
串觚（2器）	《集成》6747、6748	殷	串（1字）	
車觚（4器）	《集成》6749～6752	殷	車（1字）	6749傳出安陽。
▮觚（2器）	《集成》6753、6754	殷	▮（1字）	
▮觚（2器）	《集成》6755、6756	殷	▮（1字）	
▮觚（2器）	《集成》6757、6758	殷	▮（1字）	
酋觚	《集成》6759	殷	酋（1字）	原未釋
▮觚	《集成》6760	殷	▮（1字）	

器名及數量	出　　處	時　代	釋文及字數	備　註
觚	《集成》6761	殷	（1字）	
觚	《集成》6762	殷	（1字）	
觚（2器）	《集成》6764、6765	殷	（1字）	原篆稍異
觚（3器）	《集成》6765～6767	殷	（1字）	
丹觚	《集成》6768	殷	丹（1字）	原無釋
纍觚（5器）	《集成》6773～6777	武丁～	纍（1字）	1976 年出婦好墓。
觚	《集成》6778	殷	（1字）	
祓觚	《集成》6779	殷	祓（1字）	
殼觚（3器）	《集成》6780～6782	殷	殼（1字）	原作殼，6780、6781 傳出安陽
雺觚	《集成》6783	殷	雺（1字）	原作雺
觚	《集成》6784	殷	（1字）	
亢觚	《集成》6785	殷	亢（1字）	
乘觚	《集成》6786	殷	乘（1字）	
觚	《集成》6787	殷	（1字）	
觚	《集成》6788	殷	（1字）	
觚	《集成》6789	殷	（1字）	
觚	《集成》6790	殷	（1字）	
觚	《集成》6791	殷	（1字）	
觚	《集成》6792	殷	（1字）	
觚	《集成》6793	殷	（1字）	
觚	《集成》6794	殷	（1字）	
觚	《集成》6795	殷	（1字）	
觚	《集成》6796	殷	（1字）	
爻觚（2器）	《集成》6797、6798	殷	爻（1字）	
觚	《集成》6799	殷	（1字）	

器名及數量	出　處	時代	釋文及字數	備　註
示觚	《集成》6800	殷	示（1字）	出安陽。原篆未釋。
𡉚觚	《集成》6801	殷	𡉚（1字）	
𠂤觚	《集成》6802	殷	𠂤（1字）	出安陽。
𠃌觚	《集成》6803	殷	𠃌（1字）	
𤔔觚	《集成》6804	殷	𤔔（1字）	
且辛觚（2器）	《集成》6806、6807	殷	且辛（2字）	6807 傳 1903 年前後出安陽。
且壬觚	《集成》6809	殷	且壬（2字）	
父乙觚（2器）	《集成》6810、6811	殷	父乙（2字）	
父丙觚	《集成》6812	殷	父丙（2字）	
父己觚（2器）	《集成》6813、6815	殷	父己（2字）	
己父觚	《集成》6814	殷	己父（2字）	
父庚觚	《集成》6816	殷	父庚（2字）	
甲戈觚	《集成》6818	殷	甲戈（2字）	
屮乙觚	《集成》6819	殷	屮乙（2字）	屮字原未釋
丰乙觚	《集成》6820	殷	丰乙（2字）	
乙正觚（2器）	《集成》6821、6722	殷	乙正（2字）	
乙参觚	《集成》6823	殷	乙参（2字）	
乙息觚	《集成》6824	殷	乙息（2字）	1980 年出河南羅山。息當作四（泗）
戈乙觚	《集成》6825	殷	戈乙（2字）	
乙戈觚	《集成》6826	殷	乙戈（2字）	
乙𠀠觚	《集成》6827	殷	乙𠀠（2字）	𠀠字原無釋
𠀠乙觚	《集成》6828	殷	𠀠乙（2字）	𠀠字原無釋
乙中觚	《集成》6829	殷	乙（2字）	
丁𠀠觚（2器）	《集成》6830、6831	殷	丁𠀠（2字）	𠀠字原無釋

器名及數量	出　　　處	時　代	釋文及字數	備　註
丁八觚	《集成》6832	殷	丁八（2字）	1975 年出殷墟。
戊木觚	《集成》6834	殷	戊木（2字）	
羊己觚	《集成》6835	殷	羊己（2字）	
丰己觚	《集成》6836	殷	丰己（2字）	丰亦見甲骨文，似可釋玉
己聿觚	《集成》6837	殷	己聿（2字）	
庚戶觚	《集成》6837	殷	庚戶（2字）	
辛戈觚	《集成》6839	殷	辛戈（2字）	
癸重觚	《集成》6840	殷	癸重（2字）	
癸🐂觚	《集成》6841	殷	癸🐂（2字）	
夔癸觚	《集成》6842	殷	夔癸（2字）	原無釋，或作夔
癸丮觚	《集成》6843	殷	癸丮（2字）	丮字原無釋
𠃊口觚	《集成》6844	殷	𠃊口（2字）	
叔己觚（2器）	《集成》6845、3846	殷	叔己（2字）	
婦好觚（18器）	《集成》6847～6856、6859～6865、6867	武丁～	帚好（2字）	除 6867 外，均于 1976 年出殷墟婦好墓
婦觚（3器）	《集成》6857～6858、6866	武丁～	婦（1字）	1976 年出殷墟婦好墓。
婦鳥觚	《集成》6870	殷	婦鳥（2字）	
婦田觚	《集成》6871	殷	婦田（2字）	
窒女觚（2器）	《集成》6872、6873	殷	窒女（2字）	可能即嬪字
女盉觚	《集成》6874	殷	女盉（2字）	
母刀觚	《集成》6875	殷	母刀（2字）	
魚母觚（2器）	《集成》6876、6877	殷	魚母（2字）	
射女觚	《集成》6878	殷	射女桑（3字）	原作 2 字。應為三字，末一字似桑字
朕女觚	《集成》6879	殷	朕女（2字）	

器名及數量	出　　　處	時　代	釋文及字數	備　　註
司媜觚（10器）	《集成》6880～6889	武丁～	后母𩵀（3字）	據「后母辛」文例，「司媜」宜作「后母𩵀」。1976年出殷墟婦好墓。
司攀觚	《集成》6890	殷	司攀（2字）	攀字原無釋
子𦥑觚（3器）	《集成》6891～6893	武丁～	子𦥑（2字）	1976年出殷墟婦好墓。
子㒸觚（2器）	《集成》6894、6895	殷	子㒸（2字）	
子妥觚	《集成》6896	殷	子妥（2字）	
子🌲觚	《集成》6897	殷	子🌲（2字）	
子媚觚（2器）	《集成》6898、6899	殷	子媚（2字）	媚字原無釋。
子乂觚（2器）	《集成》6900、6901	殷	子乂（2字）	乂字原無釋。
子韋觚（4器）	《集成》6902～6905	殷	子韋（2字）	6903于1979出殷墟。韋字從四止，原無釋
子龍觚	《集成》6906	殷	子龍（2字）	龍字原無釋。
子🐂觚	《集成》6907	殷	子🐂（2字）	
子蝠觚	《集成》6908	殷	子蝠（2字）	
子保觚	《集成》6909	殷	子保（2字）	
子示觚	《集成》6910	殷	子示（2字）	示字原無釋。
子🐄觚	《集成》6911	殷	子🐄（2字）	
子光觚	《集成》6912	殷	子光（2字）	
子雨觚	《集成》6913	殷	子雨（2字）	
𡆷子觚	《集成》6914	殷	𡆷子（2字）	
🦌𣏟觚	《集成》6915	殷	🦌𣏟（2字）	
🫲🫱觚（2器）	《集成》6916、6917	殷	🫲🫱（2字）	
廣攎觚祓（2器）	《集成》6918、6919	殷	廣攎（2字）	𢊁古廣字。攎字原隸定稍異。傳出山東費縣。

器名及數量	出　　　處	時　代	釋文及字數	備　註
樂文觚	《集成》6920	殷	樂文（2字）	
⸨⸩觚	《集成》6921	殷	⸨⸩（2字）	
見爻觚	《集成》6922	殷	見爻（2字）	
丰⸨⸩觚	《集成》6923	殷	丰⸨⸩（2字）	丰疑玉
交觚	《集成》6924	殷	交示（2字）	示字原無釋。
⸨⸩觚	《集成》6925	殷	⸨⸩⸨⸩（2字）	
羌⸨⸩觚	《集成》6926	殷	羌⸨⸩（2字）	
⸨⸩觚	《集成》6927	殷	⸨⸩⸨⸩（2字）	
聑⸨⸩觚	《集成》6928	殷	聑⸨⸩（2字）	
⸨⸩聑觚	《集成》6929	殷	⸨⸩聑（2字）	
聑而觚	《集成》6930	殷	聑而（2字）	
狄耳觚	《集成》6931	殷	狄耳（2字）	狄或作扶
聑竹觚	《集成》6932	殷	聑竹（2字）	傳出安陽。
⸨⸩⸨⸩觚	《集成》6933	殷	⸨⸩⸨⸩（2字）	
受⸨⸩觚（2器）	《集成》6934、6935	殷	受⸨⸩（2字）	
愛⸨⸩觚	《集成》6936	殷	愛⸨⸩（2字）	
永⸨⸩觚	《集成》6937	殷	永⸨⸩（2字）	
又宁觚（2器）	《集成》6938、6939	殷	又宁（2字）	
冂彝觚	《集成》6940	殷	冂彝（2字）	冂字原無釋
⸨⸩觚	《集成》6941	殷	⸨⸩（2字）	
正幻觚	《集成》6942	殷	正幻（2字）	幻字原未隸定
⸨⸩觚	《集成》6943	殷	⸨⸩（1字）	或作‖敊二字
⸨⸩衞觚	《集成》6944	殷	⸨⸩衞（2字）	
亞獸形銘觚	《集成》6945	殷	亞⸨⸩（2字）	
亞其觚（10器）	《集成》6946～6955	武丁～	亞其（2字）	6946～6952 于1976年出婦好墓

器名及數量	出　　　處	時　代	釋文及字數	備　　註
亞弜觚（3器）	《集成》6956～6958	殷	亞弜（2字）	
亞矣觚（8器）	《集成》6959～6966	殷	亞矣（2字）	矣古疑字。6965、6966 于1930 前出安陽
亞斄觚（3器）	《集成》6967～6969	殷	亞斄（2字）	斄或釋醜
亞斄方觚	《集成》6970	殷	亞斄（2字）	斄或釋醜
亞竟觚	《集成》6971	殷	亞竟（2字）	
亞告觚	《集成》6972	殷	亞告（2字）	
亞戕觚	《集成》6973	殷	亞戕（2字）	
亞枼觚	《集成》6974	殷	亞枼（2字）	枼字原無釋，或可作果
亞🜲觚	《集成》6975	殷	亞🜲（2字）	
🜲亞觚	《集成》6976	殷	🜲亞（2字）	
攀亞觚（3器）	《集成》6977～6979	殷	攀亞（2字）	
雗亞觚	《集成》6980	殷	雗亞（2字）	
亞隻觚（2器）	《集成》6980、6981	殷	亞隻（2字）	傳出安陽。
亞冢觚	《集成》6983	殷	亞冢（2字）	
亞叕觚	《集成》6984	殷	亞叕（2字）	
夂亞觚	《集成》6985	殷	夂亞（2字）	
亞寏觚	《集成》6986	殷	亞寏（2字）	
耳亞觚	《集成》6987	殷	耳亞（2字）	
亞弔觚	《集成》6988	殷	亞弔（2字）	
亞酉觚（2器）	《集成》6989、6990	殷	亞酉（2字）	
亞盇觚	《集成》6991	殷	亞盇（2字）	
亞觚	《集成》6992	殷	亞□（2字）	
工冊觚	《集成》6993	殷	工冊（2字）	
廞冊觚	《集成》6994	殷	廞冊（2字）	出河北正定。
刅冊觚	《集成》6995	殷	刅冊（2字）	
糸保觚	《集成》6996	殷	糸保（2字）	

器名及數量	出　　　處	時　代	釋文及字數	備　　註
何馬觚（2器）	《集成》6997、6998	殷	何馬（2字）	1953 年出安陽
尹舟觚	《集成》6999	殷	尹舟（2字）	
傘旅觚（3器）	《集成》7000～7002	殷	傘旅（2字）	
鄉宁觚	《集成》7003	殷	卿宁（2字）	鄉字宜作卿。傳出安陽。
宁鄉觚	《集成》7004	殷	宁卿（2字）	鄉字宜作卿。
告宁觚（2件）	《集成》7005、7006	殷	告宁（2字）	7006 于 1969 年出殷墟。
矢宁觚（2器）	《集成》7007、7008	殷	矢宁（2字）	1933 年前出安陽。
宁戈觚	《集成》7009	殷	宁戈（2字）	
美宁觚	《集成》7010	殷	美宁（2字）	
宁朋觚	《集成》7011	殷	宁朋（2字）	
田免觚	《集成》7012	殷	田免（2字）	
田告觚	《集成》7013	殷	田告（2字）	
南單觚	《集成》7014	殷	南單（2字）	
西單觚（2器）	《集成》7015、7016	殷	西單（2字）	
北單觚	《集成》7017	殷	北單（2字）	
單光觚	《集成》7018	殷	單光（2字）	
甗征觚	《集成》7019	殷	甗征（2字）	
甗奮觚	《集成》7020	殷	甗奮（2字）	
示甗觚	《集成》7021	殷	示甗（2字）	示字原無釋。
斿示觚	《集成》7022	殷	斿示（2字）	示字原無釋。
夗刃觚（2器）	《集成》7023、7024	殷	夗刃（2字）	或釋亡夗（亡終）
冊得觚（2器）	《集成》7025、7026	殷	冊得（2字）	
矢冊觚（2器）	《集成》7027、7028	殷	矢冊（2字）	
秉冊觚（2器）	《集成》7029	殷	秉冊（2字）	
丩冊觚	《集成》7030	殷	丩冊（2字）	丩冊二字原無釋。

器名及數量	出　　處	時　代	釋文及字數	備　註
壺觚	《集成》7031	殷	□壺（2字）	
⊞刀觚	《集成》7032	殷	⊞刀（2字）	
⊗⊗戈觚	《集成》7033	殷	⊗⊗戈（2字）	
戈酉觚	《集成》7034	殷	戈酉（2字）	酉字原無釋。
犾虎觚	《集成》7035	殷	犾虎（2字）	
卜啚觚	《集成》7036	殷	卜啚（2字）	啚字原無釋。
倗舟觚（3器）	《集成》7037〜7039	殷	倗舟（2字）	
車涉觚	《集成》7040	殷	車涉（2字）	
車觚	《集成》7041	殷	車及（2字）	及字原無釋。
亦車觚（4器）	《集成》7042、7045	殷	亦車（2字）	7045 于 1942 年出安陽。
辜車觚（2器）	《集成》7046、7047	殷	辜車（2字）	
買車觚	《集成》7048	殷	買車（2字）	
弔車觚	《集成》7049	殷	弔車（2字）	
⊍△觚	《集成》7050	殷	⊍△（2字）	
弔⊐⊏觚	《集成》7051	殷	弔⊐⊏（2字）	
束禾觚	《集成》7052	殷	束禾（2字）	首字原無釋，當束之繁構。
齒木觚	《集成》7053	殷	齒木（2字）	
目⊗觚	《集成》7054	殷	目⊗（2字）	原隸定略誤
⊞豖觚	《集成》7055	殷	⊞豖（2字）	
鳥共觚	《集成》7056	殷	鳥共（2字）	共字原無釋。1976 年出殷墟
魚從觚	《集成》7057	殷	魚從（2字）	
弔龜觚（3器）	《集成》7058〜7060	殷	弔龜（2字）	
⊗⊐觚	《集成》7061	殷	⊗⊐（2字）	
冄黽觚（2器）	《集成》7062、7063	殷	冄黽（2字）	冄字原無釋
冄屵觚	《集成》7064	殷	冄屵（2字）	二字原無釋
主堯觚	《集成》7066	殷	主堯（2字）	主字原無釋，堯原作夨。

器名及數量	出　　處	時 代	釋文及字數	備　註
[illegible]免觚	《集成》7067	殷	[illegible]免（2字）	1974年出殷墟。
弓韋觚	《集成》7068	殷	弓韋（2字）	韋字原無釋
刀[illegible]觚	《集成》7069	殷	刀[illegible]（2字）	
[illegible]息觚	《集成》7071	殷	[illegible]息（2字）	1979年出河南羅山。息當作四（泗）
[illegible]且甲觚	《集成》7072	殷	[illegible]且甲（3字）	原誤作2字。
黽且乙觚	《集成》7073	殷	黽且乙（3字）	
家且乙觚	《集成》7074	殷	家且乙（3字）	
乙且[illegible]觚	《集成》7075	殷	乙且[illegible]（2字）	
[illegible]且丙觚	《集成》7076	殷	[illegible]且丙（2字）	
[illegible]且丁觚	《集成》7077	殷	[illegible]且丁（2字）	
戈且丁觚	《集成》7078	殷	戈且丁（2字）	
[illegible]己且觚	《集成》7079	殷	[illegible]己且（2字）	[illegible]疑島之初文
[illegible]且己觚	《集成》7080	殷	[illegible]且己（2字）	
山且庚觚	《集成》7081	殷	山且庚（3字）	
子且辛觚	《集成》7082	殷	子且辛（3字）	
戈且辛觚	《集成》7083	殷	戈且辛（3字）	
且癸冄觚	《集成》7084	殷	且癸冄（3字）	冄字原無釋
子且癸觚	《集成》7085	殷	子且癸（3字）	
得父乙觚	《集成》7086	殷	得父乙（3字）	
[illegible]父乙觚	《集成》7087	殷	[illegible]父乙（3字）	
鳥父乙觚	《集成》7088	殷	鳥父乙（3字）	
[illegible]父乙觚	《集成》7089	殷	[illegible]父乙（3字）	
[illegible]父乙觚	《集成》7090	殷	[illegible]父乙（3字）	
父乙豢觚	《集成》7091	殷	父乙豢（3字）	
[illegible]父乙觚（3器）	《集成》7092～7094	殷	虡父乙（3字）	[illegible]古虡字

器名及數量	出　　處	時　代	釋文及字數	備　註
黿父乙觚（2器）	《集成》7095、7096	殷	黿父乙（3字）	黿原作黿
亞父乙觚	《集成》7097	殷	亞父乙（3字）	
夼父乙觚	《集成》7098	殷	夼父乙（3字）	
父乙孟觚	《集成》7099	殷	父乙孟（3字）	
舟父乙觚	《集成》7100	殷	舟父乙（3字）	舟字原無釋
戕父丙觚	《集成》7104	殷	戕父丙（3字）	
父丁史觚	《集成》7106	殷	父丁史（3字）	
文父丁觚	《集成》7107	殷	文父丁（3字）	
黃父丁觚	《集成》7109	殷	廣父丁（3字）	黃古廣字
舟父丁觚	《集成》7112	殷	舟父丁（3字）	舟字原無釋
山父丁觚（3器）	《集成》7115～7117	殷	山父丁（3字）	
鳶父丁觚	《集成》7118	殷	鳶父丁（3字）	
舋父丁觚	《集成》7119	殷	舋父丁（3字）	舋原隸定略異
黃父戊觚	《集成》7121	殷	廣父戊（3字）	黃古廣字
臽父戊觚	《集成》7122	殷	臽父戊（3字）	
叔父戊觚	《集成》7123	殷	叔父戊（3字）	
子父己觚	《集成》7124	殷	子父己（3字）	
亞父己觚	《集成》7126	殷	亞父己（3字）	
㲋父己觚	《集成》7127	殷	㲋父己（3字）	
入父己觚	《集成》7129	殷	入父己（3字）	
叔父己觚	《集成》7131	殷	叔父己（3字）	
舌父己觚	《集成》7132	殷	舌父己（3字）	
嬰父己觚	《集成》7133	殷	嬰父己（3字）	
雒父己觚	《集成》7134	殷	雒父己（3字）	
羍父己觚	《集成》7136	殷	羍父己（3字）	
黃父庚觚	《集成》7137	殷	廣父庚（3字）	黃古廣字
子庚父觚	《集成》7138	殷	子庚父（3字）	

器名及數量	出　　　處	時　代	釋文及字數	備　註
𦴎父辛觚	《集成》7140	殷	虞父辛（3字）	𦴎古虞字
父辛斐觚	《集成》7141	殷	父辛斐（3字）	斐原隸定稍異，可能即斐字
父辛竝觚	《集成》7142	殷	父辛竝（3字）	
堯父辛觚	《集成》7144	殷	堯父辛（3字）	堯原作㚤
桃父辛觚	《集成》7146	殷	桃父辛（3字）	
弔父辛觚	《集成》7147	殷	弔父辛（3字）	
🔱父辛觚	《集成》7151	殷	🔱父辛（3字）	
辛父戍觚	《集成》7152	殷	辛父戍（3字）	
隻父癸觚	《集成》7154	殷	隻父癸（3字）	
戈父癸觚	《集成》7155	殷	戈父癸（3字）	
𠦪父癸觚	《集成》7156	殷	𠦪父癸（3字）	
子父癸觚	《集成》7158	殷	子父癸（3字）	
申父癸觚	《集成》7159	殷	申父癸（3字）	申字原無釋。
🦅⧨乙觚	《集成》7160	殷	🦅⧨乙（3字）	
舌戍觚	《集成》7161	殷	舌🦀戍（3字）	傳出安陽。
鄉宁觚	《集成》7162	殷	己卿宁（3字）	鄉宜作卿
辛鄉宁觚	《集成》7163	殷	辛卿宁（3字）	鄉宜作卿
甲母觚（2器）	《集成》7164、7165	殷	甲母🔲（3字）	傳1933年前出安陽
魚母乙觚	《集成》7166	殷	魚母乙（3字）	
🔱亯冊觚（4器）	《集成》7167～7170	殷	🔱亯冊（3字）	
婦爕觚（2器）	《集成》7171、7172	殷	帚爕乙（3字）	
子蝠砢觚（2器）	《集成》7173、7174	殷	子蝠砢（3字）	
子🔲示觚	《集成》7175	殷	子🔲示（3字）	示字原無釋
允冊丁觚	《集成》7176	殷	允冊丁（3字）	
幾廥冊觚	《集成》7177	殷	幾廥冊（3字）	幾字原從女，不從人

器名及數量	出　　　處	時　代	釋文及字數	備　註
亞爾觚	《集成》7178	殷	亞木爾（3字）	
亞卩觚	《集成》7179	殷	亞卩兔（3字）	
㡿亞次觚	《集成》7180	殷	虞亞次（3字）	㡿古虞字
亞木守觚	《集成》7181	殷	亞木守（3字）	
亞丁卂觚	《集成》7182	殷	亞丁卂（3字）	
亞𤔲乙觚	《集成》7183	殷	亞𤔲乙（3字）	
亞🔔亢觚	《集成》7184	殷	亞🔔亢（3字）	
✦衛𦖞觚	《集成》7187	殷	✦衛𦖞（3字）	
◇𥄎萃方觚	《集成》7188	殷	◇𥄎萃（3字）	傳出安陽。𥄎古籣字
弓日囚（2器）	《集成》7189、7190	殷	弓日囚（3字）	囚字原無釋。1976年出浙江安吉
南單菁觚	《集成》7191	殷	南單菁（3字）	
西單光觚	《集成》7192	殷	西單光（3字）	
西單己觚	《集成》7193	殷	西單己（3字）	
西單🐾觚	《集成》7194	殷	西單🐾（3字）	
北單戈觚	《集成》7195	殷	北單戈（3字）	1950年出安陽武官村
𠦪串𥹆觚（2器）	《集成》7196、7197	殷	𠦪串𥹆（3字）	𠦪串二字原無釋
羊刂車觚	《集成》7201	殷	羊刂車（3字）	
耒觚	《集成》7202	殷	耒🔯👁（3字）	
多臣單觚	《集成》7203	殷	多臣單（3字）	
且丁父乙觚（2器）	《集成》7211、7212	殷	且丁父乙（4字）	
竈獻且丁觚	《集成》7213	殷	竈獻且丁（4字）	竈原作𥧌
且戊觚	《集成》7214	殷	木戊且戊（4字）	
大中且己觚	《集成》7215	殷	大中且己（4字）	1970年出殷墟
且辛戊觚	《集成》7216	殷	且辛戊🔶（4字）	

器名及數量	出　　處	時　代	釋文及字數	備　註
且壬刀丰觚	《集成》7217	殷	且壬刀丰（4字）	
弔龜且癸觚	《集成》7218	殷	弔龜且癸（4字）	
女子匕丁觚	《集成》7220	殷	女子匕丁（4字）	
父甲丁觚	《集成》7221	殷	🐉父甲丁（4字）	1978年出殷墟
冊㲀父甲觚	《集成》7222	殷	冊㲀父甲（4字）	
父乙𤉡虎觚	《集成》7223	殷	父乙𤉡虎（4字）	
冊卍父乙觚	《集成》7224	殷	冊卍父乙（4字）	
丩毋父乙觚	《集成》7226	殷	丩毋父乙（4字）	丩毋二字原無釋
𢉘冊父乙觚	《集成》7227	殷	𢉘冊父乙（4字）	
亞鴈父丁觚	《集成》7228	殷	亞鴈父丁（4字）	
子父丁觚	《集成》7229	殷	子刀父丁（4字）	
亞醜父丁觚	《集成》7230	殷	亞醜父丁（4字）	醜或釋醜。原誤作7330
亞猱父丁觚	《集成》7231	殷	亞猱父丁（4字）	1940年出安陽
耒冊父丁觚	《集成》7233	殷	耒冊父丁（4字）	耒原作力
尹舟父丁觚	《集成》7236	殷	尹舟父丁（4字）	
入戔父丁觚	《集成》7237	殷	入戔父丁（4字）	
𠃨父戊觚	《集成》7238	殷	𠃨父戊（3字）	原作4字
亞古父己觚	《集成》7239	殷	亞古父戊（4字）	傳出安陽
大冊父己觚	《集成》7240	殷	大冊父己（4字）	
臣韋父己觚	《集成》7242	殷	臣韋父己（4字）	臣字原誤作辰，韋字從四止，原無釋
戊未父乙觚	《集成》7244	殷	戊未父乙（4字）	
父辛冊觚	《集成》7247	殷	父辛冊𪊨（4字）	
亞寧父癸觚	《集成》7248	殷	亞寧父癸（4字）	
父癸𡊢苟觚	《集成》7249	殷	父癸𡊢苟（4字）	苟古敬字
何父癸觚（2器）	《集成》7250、7251	殷	何父癸𪉖（4字）	

器名及數量	出　　處	時代	釋文及字數	備　註
乙毫戈冊觚	《集成》7253	殷	乙毫戈冊(4字)	
聑而婦[圖]觚	《集成》7254	殷	聑而婦[圖](4字)	而字原作髟
糸子示刀觚	《集成》7255	殷	糸子示刀(4字)	示字原無釋
子示冊木觚	《集成》7256	殷	子示冊木(4字)	示字原無釋
乍㧊從彝觚	《集成》7260	殷	乍㧊從彝(4字)	
毫戈冊父乙觚	《集成》7262	殷	毫戈冊父乙(5字)	
庚豕父乙觚	《集成》7263	殷	庚豕父乙驨(5字)	1982年出安陽小屯
父乙莫觚	《集成》7264	殷	亞父乙長莫(5字)	
屮冊作父乙觚	《集成》7265	殷	屮冊乍父乙(5字)	屮冊二字原無釋
腐冊父庚[圖]觚	《集成》7266	殷	腐冊父庚[圖](5字)	
秣冊父辛觚	《集成》7269	殷	秣冊父辛[圖](5字)	
子木觚	《集成》7270	殷	子木壬心女(5字)	
亞登兄日庚觚	《集成》7271	殷	亞登兄日庚(5字)	
亞[圖]辛觚	《集成》7277	殷	亞[圖]辛弔□(5字)	
𠧪父庚觚（2器）	《集成》7281、7282	殷	𠧪以父庚宗尊(6字)	1983年出安陽大司空村
婦[圖]觚	《集成》7287	殷	婦[圖]乍彝亞犬(6字)	
亞[圖]觚	《集成》7288	殷	亞[圖]母辛母戊尊彝(8字)	原作6字
亞𡩋父丁觚	《集成》7293	殷	亞𡩋宷父丁孤竹(7字)	
箸作母癸觚（2器）	《集成》7297、7298	殷	亞量央箸乍母癸(7字)	

器名及數量	出　　　處	時代	釋文及字數	備　註
或父己觚	《集成》7302	殷	亞或其設乍父己彝舉（8字）	舉字原作𢀽
友叔父癸觚	《集成》7303	殷	友叔父癸母丨川止（8字）	
羌向觚	《集成》7306	殷晚	亞□羌𥄂向乍尊彝（8字）	羌作𦍋，與甲骨文晚期之𦍋同構，此觚及有此字形之器亦爲晚商之物。1974年出殷墟
亞若癸觚（2器）	《集成》7308、7309	殷	亞受旂丁若癸自乙止乙（10字，原作9字）	
韓婦觚	《集成》7311	殷	韓婦易商貝于婦用乍父乙彝（12字）	出河南輝縣
象婦觚	《集成》7312	殷	勺象婦貢于𢀽用□辟日乙隓彝臤（存13字）	
子爵（3器）	《集成》7313～7315	殷	子（1字）	7315于1977年出安陽
天爵（2器）	《集成》7323、7324	殷	天（1字）	7323于1976年出殷墟，7324于1976年出山西靈石
異爵	《集成》7331	殷	異（1字）	原無釋。1957年出山東長清
夅爵（2器）	《集成》7334、7335	殷	夅（1字）	原無隸定
亢爵	《集成》7336	殷	亢（1字）	
屰爵（2器）	《集成》7337、7338	殷	屰（1字）	
逆爵	《集成》7339	殷	逆（1字）	
𠃌爵	《集成》7342	殷	𠃌（1字）	
参爵	《集成》7343	殷	参（1字）	

器名及數量	出　　處	時　代	釋文及字數	備　註
🔣爵	《集成》7345	殷	🔣（1字）	
🔣爵	《集成》7346	殷	🔣（1字）	
🔣爵（3器）	《集成》7347、7349、7351	殷	🔣（1字）	原無釋
🔣爵	《集成》7350	殷	🔣（1字）	
🔣爵	《集成》7352	殷	🔣（1字）	
光爵	《集成》7354	殷	光（1字）	1940 年出安陽
見爵（2器）	《集成》7357、7358	殷	見（1字）	
卩爵	《集成》7359	殷	卩（1字）	
🔣爵	《集成》7360	殷	🔣（1字）	
印爵	《集成》7361	殷	印（1字）	原無釋。1974 年出陝西綏德
🔣爵（2器）	《集成》7362、7363	殷	🔣（1字）	
即爵	《集成》7364	殷	即（1字）	1976 年出殷墟
重爵（3器）	《集成》7365～7367	殷	重（1字）	
疒爵	《集成》7368	殷	疒（1字）	原無釋
🔣爵	《集成》7369	殷	🔣（字）	
何爵（2器）	《集成》7370、7371	殷	何（1字）	7370 傳出安陽
🔣爵	《集成》7372	殷	🔣（1字）	此實亦何字
匚爵（4器）	《集成》7373～7377	殷	匚（1字）	
克爵（3器）	《集成》7378～7380	殷	克（1字）	
🔣爵	《集成》7381	殷	🔣（1字）	
🔣爵	《集成》7382	殷	🔣（1字）	
🔣爵	《集成》7383	殷	🔣（1字）	
倗爵	《集成》7384	殷	倗（1字）	原無釋
倗舟爵	《集成》7385	殷	倗舟（2字）	原作 1 字，無隸定

器名及數量	出　　　處	時　代	釋文及字數	備　註
休爵	《集成》7386	殷	休（1字）	
狀爵	《集成》7387	殷	狀（1字）	1979年出河南羅山
𣊻爵	《集成》7388	殷	𣊻（1字）	原無隸定
酓爵	《集成》7389	殷	酓（1字）	原無隸定
伇爵	《集成》7390	殷	伇（1字）	原無隸定
㝬爵（5器）	《集成》7391～7393、7395、7396	殷	㝬（1字）	原無隸定
🔹爵	《集成》7397	殷	🔹（1字）	
🔹爵	《集成》7398	殷	🔹（1字）	殆伐異構
徣爵	《集成》7399	殷	徣（1字）	
執爵	《集成》7400	殷	執（1字）	傳出安陽
竝爵	《集成》7401	殷	竝（1字）	
🔹爵	《集成》7404	殷	🔹（1字）	
🔹爵	《集成》7405	殷	🔹（1字）	
保爵	《集成》7406	殷	保（1字）	
🔹爵	《集成》7407	殷	🔹（1字）	
卿爵	《集成》7408	殷	卿（1字）	
女爵（4器）	《集成》7409～7412	武丁～	女（1字）	7409～7410 于1934～35年間出安陽，7411 于1976年出婦好墓
媚爵	《集成》7413	殷	媚（1字）	原無釋
🔹爵（2器）	《集成》7416、7417	殷	🔹（1字）	或作媓
斿爵（3器）	《集成》7421～7423	殷	斿（1字）	
旅爵	《集成》7424	殷	旅（1字）	
旅爵（3器）	《集成》7425～7427	殷	旅（1字）	
㒸爵（3器）	《集成》7429～7431	殷	㒸（1字）	
㝏爵（2器）	《集成》7432、7433	殷	㝏（1字）	

器名及數量	出　　　處	時　代	釋文及字數	備　註
又爵	《集成》7435	殷	又（1字）	
敔爵	《集成》7436	殷	敔（1字）	
守爵（2器）	《集成》7437、7438	殷	守（1字）	7437 于 1976 年出河北藁城
得爵	《集成》7439	殷	得（1字）	原無釋
聿爵（4器）	《集成》7440～7443	殷	聿（1字）	
史爵（3器）	《集成》7445～7447	殷	史（1字）	
奴爵（2器）	《集成》7451、7452	殷	奴（1字）	
爵	《集成》7453	殷	（1字）	原摹有誤
爵	《集成》7454	殷	（1字）	
啓爵	《集成》7455	殷	啓（1字）	
爵	《集成》7456	殷	（1字）	
爵	《集成》7457	殷	（1字）	原無釋
爵	《集成》7458	殷	（1字）	
爰爵	《集成》7459	殷	爰（1字）	原無釋
受爵	《集成》7460	殷	受（1字）	
興爵（3器）	《集成》7461～7463	殷	興（1字）	出安陽
奔爵	《集成》7465	殷	奔（1字）	
爵	《集成》7466	殷	（1字）	
爵	《集成》7467	殷	（1字）	
畀爵	《集成》7468	殷	畀（1字）	
爵	《集成》7471	殷	（1字）	
爵	《集成》7472	殷	（1字）	與爵殆一字
步爵	《集成》7474	殷	步（1字）	
徙爵	《集成》7475	殷	徙（1字）	1968 年出河南溫縣
爵	《集成》7476	殷	（1字）	1953 年出安陽
爵	《集成》7477	殷	（1字）	

器名及數量	出　　　處	時　代	釋文及字數	備　　註
𢀖爵	《集成》7478	殷	𢀖（1字）	
🈠爵	《集成》7479	殷	🈠（1字）	
正爵	《集成》7480	殷	正（1字）	
🈠爵（2器）	《集成》7482、7484	殷	🈠（1字）	
🈠爵（5器）	《集成》7485～7489	殷	🈠（1字）	
韋爵	《集成》7490	殷	韋（1字）	字从四止
𡨄爵（2器）	《集成》7497～7498	殷	𡨄（1字）	7498 于 1974 年出安陽
𦥑爵	《集成》7500	殷	𦥑（1字）	
舌爵（4器）	《集成》7501～7504	殷	舌（1字）	出安陽
耳爵	《集成》7505	殷	耳（1字）	
🈠爵	《集成》7507	殷	🈠（1字）	
虎爵	《集成》7508	殷	虎（1字）	
象爵	《集成》7509	殷	象（1字）	
羊爵（3器）	《集成》7510～7511、7513	殷	羊（1字）	
羍（2器）	《集成》7514、7515	殷	羍（1字）	
宔爵	《集成》7516	殷	宔（1字）	
豕爵	《集成》7517	殷	豕（1字）	
🈠爵	《集成》7521	殷	🈠（1字）	
犬爵（2器）	《集成》7525、7526	殷	犬（1字）	
剁爵（2器）	《集成》7527、7528	殷	剁（1字）	
家爵	《集成》7529	殷	家（1字）	
🈠爵	《集成》7530	殷	🈠（1字）	
梟爵	《集成》7531	殷	梟（1字）	
龍爵	《集成》7532	殷	龍（1字）	
龜爵	《集成》7535	殷	龜（1字）	1943 年出安陽

器名及數量	出　　　處	時代	釋文及字數	備　註
魚爵（3器）	《集成》7537、7538、7544	殷	魚（1字）	7538 于 1978 年出陝西鳳翔
漁爵（4器）	《集成》7546～7549	殷	漁（1字）	
萬爵（4器）	《集成》7550～7752	殷	萬（1字）	
🜨爵	《集成》7554	殷	🜨（1字）	
弔爵（2器）	《集成》7556、7557	殷	弔（1字）	原無釋。7556 摹寫有誤。
🜨爵	《集成》7558	殷	🜨（1字）	
杀爵（4器）	《集成》7559～7562	殷	杀（1字）	似應作"弔"
🜨爵（2器）	《集成》7563、7564	殷	🜨（1字）	1953 年出安陽
🜨爵	《集成》7565	殷	🜨（1字）	
🜨爵	《集成》7567	殷	🜨（1字）	
🜨爵	《集成》7568	殷	🜨（1字）	
鳥爵（4器）	《集成》7569～7572	殷	鳥（1字）	
鳶爵（2器）	《集成》7573、7574	殷	鳶（1字）	傳 1938 年出安陽
冊爵	《集成》7575	殷	冊（1字）	
告爵	《集成》7579	殷	告（1字）	
🜨爵	《集成》7580	殷	🜨（1字）	
🜨爵（7器）	《集成》7581～7587	殷	🜨（1字）	
酉爵（2器）	《集成》7590、7591	殷	酉（1字）	7590 于 1956 年出陝西耀縣，7591 于 1972 年出安徽穎上
🜨爵（4器）	《集成》7594～7597	殷	🜨（1字）	原無釋。7595 說明作爵，圖版作角
🜨爵	《集成》7600	殷	🜨（1字）	
🜨爵	《集成》7603	殷	🜨（1字）	

器名及數量	出　　處	時代	釋文及字數	備　註
皿爵	《集成》7605	殷	皿（1字）	
盉爵	《集成》7606	殷	盉（1字）	
ᵂ爵	《集成》7607	殷	ᵂ（1字）	
爵	《集成》7608	殷	（1字）	
刀爵（2器）	《集成》7609、7610	殷	刀（1字）	
多刀爵（2器）	《集成》7611、7612	殷	多刀（2字）	原作1字，無釋
紉爵（2器）	《集成》7613、7614	殷	紉（1字）	
戈爵（11器）	《集成》7615～7625	殷	戈（1字）	
矢爵	《集成》7633	殷	矢（1字）	1934～35年出安陽
笱爵（2器）	《集成》7635、7636	殷	笱（1字）	笱古箙字
昳爵	《集成》7637	殷	昳（1字）	
戠爵（3器）	《集成》7638～7640	殷	戠（1字）	
咸爵	《集成》7641	殷	咸（1字）	
戉爵	《集成》7642	殷	戉（1字）	
觶爵（2器）	《集成》7646、7647	殷	觶（字）	
貯爵（2器）	《集成》7650、7651	殷	貯（1字）	
爵（7器）	《集成》7655～7660、7662	殷	（1字）	7658于1976年出安陽，7659～7660于1985年出山西靈石
爵（3器）	《集成》7663～7665	殷	（1字）	
腐爵	《集成》7670	殷	腐（1字）	
辛爵	《集成》7671	殷	辛（1字）	
冄爵（11器）	《集成》7674～7683、7685	殷	冄（1字）	7674于1976年出安陽，7675于1934～35年出安陽，7679于1978年出河北靈壽
人爵	《集成》7688	殷	人（1字）	
爵	《集成》7699	殷	（1字）	

器名及數量	出　　處	時　代	釋文及字數	備　註
田爵	《集成》7700	殷	田（1字）	
🔹爵（2器）	《集成》7704、7705	殷	🔹（1字）	當作 2 字
🔹爵	《集成》7707	殷	🔹（1字）	
串爵（2器）	《集成》7714、7715	殷	串（1字）	
中爵	《集成》7716	殷	中（1字）	
蠻爵（2器）	《集成》7718、7719	殷	蠻（1字）	
🔹爵	《集成》7724	殷	🔹（1字）	
禾爵	《集成》7725	殷	禾（1字）	
🔹爵	《集成》7730	殷	🔹（1字）	
🔹爵	《集成》7731	殷	🔹（1字）	
🔹爵	《集成》7732	殷	🔹（1字）	
🔹爵	《集成》7734	殷	🔹（1字）	
木爵	《集成》7736	殷	木（1字）	1934～1935 出安陽
🔹爵（2器）	《集成》7739、7740	殷	🔹（1字）	7739 于 1983 年出安陽
🔹爵	《集成》7741	殷	🔹（1字）	
🔹爵	《集成》7743	殷	🔹（1字）	
舟爵	《集成》7744	殷	舟（1字）	原摹有誤
🔹爵	《集成》7745	殷	🔹（1字）	
雫爵	《集成》7746	殷	雫（1字）	原無釋。1950 年出安陽
◇爵（2器）	《集成》7747、7748	殷	◇（1字）	
自爵	《集成》7751	殷	自（1字）	原無釋。出河南羅山
🔹爵	《集成》7752	殷	🔹（1字）	
🔹爵（2器）	《集成》7753、7754	殷	🔹（1字）	
🔹爵	《集成》7755	殷	🔹（1字）	

器名及數量	出　　　處	時代	釋文及字數	備　註
🔲角	《集成》7756	殷	🔲（1字）	原無釋
🔲爵（3器）	《集成》7757～7759	殷	🔲（1字）	7757～7756圖版作角，說明作爵
爻爵（5器）	《集成》7760～7764	殷	爻（1字）	原無釋，7764于1975年出安陽
🔲爵	《集成》7767	殷	🔲（1字）	
🔲爵	《集成》7768	殷	🔲（1字）	
易爵	《集成》7770	殷	易（1字）	原無釋
屮爵	《集成》7771	殷	屮（1字）	
亞矣爵（8器）	《集成》7772～7777、7780～7781	殷	亞矣（2字）	
亞䣛爵（4器）	《集成》7783～7786	殷	亞䣛（2字。7784～7785鋬內底內各2字）	䣛原無釋，或作醶。7783于1966年出山東益都
亞佣爵	《集成》7789	殷	亞佣（2字）	佣字原無釋
亞侁爵（3器）	《集成》7790～7792	殷晚	亞侁（2字）	
亞寏角（2器）	《集成》7793、7794	殷	亞寏（2字）	
亞屰爵（2器）	《集成》7795、7796	殷	亞屰（2字）	
亞馭爵（2器）	《集成》7798、7799	殷	亞馭（2字）	
亞盥爵	《集成》7800	殷	亞盥（2字）	1963年出安陽
亞羑爵	《集成》7801	殷	亞羑（2字）	出安陽
亞獸爵	《集成》7802	殷	亞🐾（2字）	傳出安陽。獸形似可作兔
亞獸爵	《集成》7806	殷	亞□（2字）	拓本獸形不清
亞獸爵	《集成》7807	殷	亞🐴（2字）	
亞🔲爵	《集成》7808	殷	亞🔲（2字）	
亞鳥爵	《集成》7809	殷	亞鳥（2字）	
亞雔爵	《集成》7810	殷	亞雔（2字）	
亞隻爵（3器）	《集成》7811～7813	殷	亞隻（2字）	7812傳出安陽

器名及數量	出　　　處	時　代	釋文及字數	備　註
亞🐾爵	《集成》7815	殷	亞🐾（2字）	
亞弜爵（3器）	《集成》7819～7821	殷	亞弜（2字）	
亞舟爵（2器）	《集成》7822～7823	殷	亞舟（2字）	舟字原無釋
亞◫爵	《集成》7825	殷	亞◫（2字）	
亞🜨爵	《集成》7826	殷	亞🜨（2字）	
亞戈爵	《集成》7827	殷	亞戈（2字）	
亞🌱爵	《集成》7828	殷	亞🌱（2字）	
亞其爵（13器）	《集成》7831～7843	殷	亞其（2字）	7835～7843 于 1976 年出安陽
亞辛爵	《集成》7844	殷	亞辛（2字）	
且甲爵（2器）	《集成》7845、7846	殷	且甲（2字）	
且乙爵（2器）	《集成》7847、7848	殷	且乙（2字）	
且丁爵（2器）	《集成》7852、7853	殷	且丁（2字）	
且己爵	《集成》7858	殷	且己（2字）	
且庚爵（2器）	《集成》7859、7860	殷	且庚（2字）	7860 出河南臨汝
且辛爵（2器）	《集成》7862、7863	殷	且辛（2字）	7862 于 1977 年出殷墟
且壬爵	《集成》7868	殷	且壬（2字）	
且癸爵（2器）	《集成》7869、7870	殷	且癸（2字）	
父甲角	《集成》7873	商中期	父甲（2字）	
父甲爵（2器）	《集成》7874、7875	殷	父甲（2字）	7874 于 1975 年出山東膠縣
父乙爵（9器）	《集成》7880、7885～7886、7890～7895	殷	父乙（2字）	
父丁爵（2器）	《集成》7902、7906	殷	父丁（2字）	
父戊爵（3器）	《集成》7928～7930	殷	父戊（2字）	
父己爵（6器）	《集成》7932～7935、7937～7938、7942	殷	父乙（2字）	

器名及數量	出　　　處	時　代	釋文及字數	備　　註
父己角	《集成》7936	殷	父己（2字）	
父庚爵	《集成》7948	殷	父庚（2字）	銘作"庚父"
父辛爵（9器）	《集成》7952～7957、7959、7962～7963	殷	父辛（2字）	
父壬爵	《集成》7973	殷	父壬（2字）	
父癸爵（5器）	《集成》7976～7979、7981	殷	父癸（2字）	7976 銘作"癸父"
母己爵	《集成》7992	殷	母己（2字）	
匕癸爵	《集成》7998	殷	匕癸（2字）	
■甲爵	《集成》8001	殷	■甲（2字）	傳出安陽
乙爯爵（2器）	《集成》8007、8008	殷	乙爯（2字）	
爯乙爵	《集成》8010	殷	爯乙（2字）	
守乙爵	《集成》8012	殷	守乙（2字）	1950 年出安陽
✝乙爵	《集成》8013	殷	✝乙（2字）	1975 年出殷墟
戈乙爵	《集成》8014	殷	戈乙（2字）	傳出安陽
牧丙爵	《集成》8016	殷	牧丙（2字）	1969 年出安陽
山丁爵	《集成》8017	殷	山丁（2字）	
丁羞爵	《集成》8018	殷	丁羞（2字）	
爯丁爵（4器）	《集成》8021～8024	殷	爯丁（2字）	
丁□爵	《集成》8028	殷	丁□（2字）	
窜戊爵	《集成》8029	殷	窜戊（1字）	首字原無隸定
己竝爵	《集成》8030	殷	己竝（2字）	
夕己爵	《集成》8031	殷	夕己（2字）	1972 年出安徽潁上。首字原無釋
❨己爵	《集成》8032	殷	❨己（2字）	1972 年出安徽潁上。據 8031，❨亦夕字。
✚己爵	《集成》8035	殷	✚己（2字）	1931 年出安陽

器名及數量	出　處	時代	釋文及字數	備　註
己甾爵	《集成》8036	殷	己甾（2字）	甾字原無釋
冄己爵	《集成》8040	殷	冄己（2字）	
🐾己爵（2器）	《集成》8044、8045	殷	🐾己（2字）	
萬庚爵	《集成》8050	殷	萬庚（2字）	
羊庚爵	《集成》8051	殷	羊庚（2字）	
辛戈爵（2器）	《集成》8052、8053	殷	辛戈（2字）	
戈辛爵	《集成》8054	殷	戈辛（2字）	
尤辛爵	《集成》8055	殷	尤辛（2字）	
辛冄爵	《集成》8056	殷	辛冄（2字）	
冄辛爵	《集成》8057	殷	冄辛（2字）	
癸屰爵	《集成》8059	殷	癸屰（2字）	
癸企爵	《集成》8060	殷	癸企（2字）	企字原無釋
癸冄爵	《集成》8061	殷	癸冄（2字）	
冄癸爵	《集成》8062	殷	冄癸（2字）	
韋癸爵	《集成》8063	殷	韋癸（2字）	韋字從四止
🐾癸爵	《集成》8064	殷	🐾癸（2字）	
史癸爵	《集成》8065	殷	史癸（2字）	
豐癸爵	《集成》8067	殷	豐癸（2字）	
癸🐾爵	《集成》8068	殷	癸🐾（2字）	
偶癸爵	《集成》8069	殷	偶癸（2字）	
合癸爵	《集成》8070	殷	合癸（2字）	
子癸爵	《集成》8071	殷	子癸（2字）	
子老爵	《集成》8074	殷	子老（2字）	原無釋
子媚爵（8器）	《集成》8076～8083	殷	子媚（2字）	媚字原無釋。均出安陽
子韋爵（4器）	《集成》8087～8090	殷	子韋（2字）	8087 于 1979 年出殷墟，8090 于 1941 年出安陽
子蝠爵（6器）	《集成》8091～8096	殷	子蝠（2字）	

器名及數量	出　　處	時　代	釋文及字數	備　註
子䜌爵（2器）	《集成》8098、8099	殷	子䜌（2字）	
子龍爵	《集成》8100	殷	子龍（2字）	
子🔣爵	《集成》8101	殷	子🔣（2字）	出安陽
子鼎爵（2器）	《集成》8103、8104	殷	子鼎（2字）	
子糸爵（3器）	《集成》8105～8107	殷	子糸（2字）	糸字原無釋。8106 出安陽
子禾爵	《集成》8109	殷	子禾（2字）	
子不爵	《集成》8110	殷	子不（2字）	不字原無釋
子示爵（2器）	《集成》8111、8112	殷	子示（2字）	示字原無釋
子雨爵（2器）	《集成》8113、8114	殷	子雨（2字）	
子梟爵	《集成》8115	殷	子梟（2字）	
子刀爵	《集成》8116	殷	子刀（2字）	傳 1940 年前出河北
子土爵	《集成》8117	殷	子土（2字）	土字原缺
子🔣爵	《集成》8118	殷	子🔣（2字）	次字原缺
🔣子爵	《集成》8120	殷	🔣子（2字）	1983 年出河南舞陽。首字原缺
□子爵	《集成》8121	殷	□子（2字）	
帚好爵（10器）	《集成》8122～8131	武丁～	帚好（2字）	1976 年出婦好墓
婦🔣爵	《集成》8132	殷	婦🔣（2字）	
女🔣爵	《集成》8133	殷	女🔣（2字）	
🔣每爵	《集成》8134	殷	美每（2字）	🔣古美字
甲婦爵	《集成》8136	殷	甲婦（2字）	
佀每爵	《集成》8138	殷	佀每（2字）	佀字原無隸定
□女爵	《集成》8139	殷	□女（2字）	
旬🔣爵	《集成》8140	殷	旬🔣（2字）	旬古箙字
致天爵	《集成》8141	殷	致天（2字）	
戈天爵	《集成》8142	殷	戈天（2字）	

器名及數量	出　　處	時　代	釋文及字數	備　註
囨天爵	《集成》8144	殷	囨天（2字）	
天🔲爵	《集成》8146	殷	天🔲（2字）	🔲疑示倒文
示屮爵（2器）	《集成》8147、8148	殷	示屮（2字）	示字原無釋
仐何爵	《集成》8152	殷	仐何（2字）	仐字原無釋
天🔲爵	《集成》8153	殷	天🔲（2字）	
🔲天爵	《集成》8154	殷	🔲天（2字）	1974年出殷墟
周🔲爵（2器）	《集成》8155、8156	殷	周🔲（2字）	周字原無釋
耳而爵	《集成》8157	殷	耳而（2字）	而字原無釋，或作𡱖
屮征爵	《集成》8158	殷	屮征（1字）	出河南新鄉
酓主爵	《集成》8159	殷	酓主（2字）	原無釋
◇🔲爵	《集成》8166	殷	◇🔲（2字）	1970年出殷墟
🔲攄爵（3器）	《集成》8167～8169	殷	虞攄（2字）	🔲古虞字。攄字原隸定稍異。傳出山東費縣
保🔲爵	《集成》8170	殷	保🔲（2字）	
保🔲爵	《集成》8171	殷	保🔲（2字）	
聅🔲爵	《集成》8172	殷	聅🔲（2字）	按第二字象人跽而執炬形，當與甲骨文🔲同意。爲爇之原字。參《甲骨文字典》1111頁。
🔲🔲爵	《集成》8174	殷	🔲🔲（2字）	1982年出殷墟。原摹有誤
鄉宁爵（3器）	《集成》8175～8177	殷	卿宁（2字）	鄉字宜作卿
北單爵	《集成》8178	殷	北單（2字）	
刀旅爵	《集成》8179	殷	刀旅（2字）	刀字原無釋
單竝爵	《集成》8180	殷	單竝（2字）	
◇竝爵	《集成》8181	殷	◇竝（2字）	

器名及數量	出　　處	時代	釋文及字數	備　註
木竝爵	《集成》8182	殷	木竝（2字）	
🐦□爵	《集成》8185	殷	🐦□（2字）	闕文疑辛字
冊得爵（2器）	《集成》8186、8187	殷	冊得（2字）	
尹獸爵	《集成》8188	殷	尹獸（2字）	
蚊工爵	《集成》8189	殷	蚊工（2字）	
盅🌑爵（2器）	《集成》8191、8192	殷	盅🌑（2字）	
史史爵	《集成》8193	殷	史史（2字）	
羢又爵（2器）	《集成》8195、8196	殷	羢又（2字）	
⟨⟩羢爵	《集成》8197	殷	⟨⟩羢（2字）	1978年出陝西西安
共枏爵	《集成》8199	殷	共枏（2字）	1973年出殷墟
奴正爵	《集成》8200	殷	奴正（2字）	出安陽
卪甗爵	《集成》8204	殷	卪甗（2字）	甗字原無釋
聑竹爵（2器）	《集成》8205、8206	殷	聑竹（2字）	竹字原無釋
內耳爵	《集成》8207	殷	內耳（2字）	內字原無釋
甘戉爵	《集成》8208	殷	甘戉（2字）	甘字原無釋
戉木爵	《集成》8209	殷	戉木（2字）	
獸宁爵	《集成》8210	殷	🦌宁（2字）	
獸冊爵（2器）	《集成》8211、8212	殷	🐻冊（4字）	
⟨⟩獸爵	《集成》8213	殷	⟨⟩⟨⟩（2字）	
⟨⟩獸爵	《集成》8214	殷	⟨⟩⟨⟩（2字）	
⟨⟩射爵	《集成》8215	殷	⟨⟩射（2字）	
⟨⟩羊爵（3器）	《集成》8216～8218	殷	⟨⟩羊（2字）	
羊日爵（2器）	《集成》8219、8220	殷	羊日（2字）	1982年出河北正定
鳥卯爵	《集成》8221	殷	鳥卯（2字）	卯字原無釋
鳥豕爵	《集成》8222	殷	鳥豕（2字）	
弔龜爵（5器）	《集成》8224～8228	殷	弔龜（2字）	弔字原無釋

器名及數量	出　　處	時　代	釋文及字數	備　註
戈叀爵	《集成》8232	殷	戈叀（2字）	
冂戈爵（2器）	《集成》8233、8234	殷	冂戈（2字）	
家戈爵	《集成》8235	殷	家戈（2字）	
守戈爵	《集成》8236	殷	守戈（2字）	1934～35年出安陽
♥刀爵	《集成》8238	殷	♥刀（2字）	
戎刀爵	《集成》8239	殷	戎刀（2字）	
×笱爵	《集成》8240	殷	×笱（2字）	笱古簡字
笱ζ爵	《集成》8241	殷	笱ζ（2字）	笱古簡字
矢宁爵（2器）	《集成》8243、8244	殷	矢宁（2字）	
示♠爵	《集成》8245	殷	示♠（2字）	示字原無釋
刀口爵	《集成》8247	殷	刀口（2字）	口字原無釋
秉冊爵	《集成》8249	殷	秉冊（2字）	冊字原無釋
車買爵（2器）	《集成》8250、8251	殷	車買（2字）	
貝車爵	《集成》8252	殷	貝車（2字）	
弔車爵	《集成》8253	殷	弔車（2字）	弔字原作叔
牖冊爵（2器）	《集成》8255、8256	殷	牖冊（2字）	8256 於1976年出河北正定
西單爵（2器）	《集成》8257、8259	殷	西單（2字）	8259 傳於1940年出安陽
夲田爵	《集成》8260	殷	夲田（2字）	
Ÿ冉爵	《集成》8262	殷	Ÿ冉（2字）	
贲夲爵	《集成》8263	殷	贲夲（2字）	
告宁爵（2器）	《集成》8264、8265	殷	告宁（2字）	8265 於1970年出安陽
告田爵	《集成》8266	殷	告田（2字）	田疑田字遺一橫劃，告田，他器多見
耳日爵	《集成》8267	殷	耳日（2字）	
耳豆爵	《集成》8268	殷	耳豆（2字）	

器名及數量	出　　　處	時　代	釋文及字數	備　註
耳竹爵	《集成》8269	殷	耳竹（2字）	竹字原無釋
🔱竹爵	《集成》8270	殷	🔱竹（2字）	竹字原無釋
竹𝄃爵	《集成》8271	殷	竹𝄃（2字）	
🏠□爵	《集成》8272	武丁～	🏠人（2字）	人字原闕，似爲文字。1976年出婦好墓
木𡊄爵	《集成》8273	殷	木𡊄（2字）	
示啓爵	《集成》8274	殷	示啓（2字）	示字原無釋
🔱乂爵（2器）	《集成》8275、8276	殷	🔱乂（2字）	或作酉凸二字
丂匚爵	《集成》8277	殷	丂匚（2字）	原無釋
✦◡爵	《集成》8278	殷	✦◡（2字）	
⚱爵	《集成》8279	殷	⚱（2字）	或作宫一字
𣂸冊爵	《集成》8280	殷	𣂸冊（2字）	
▽隹爵	《集成》8281	殷	▽隹（2字）	
冊㯥爵	《集成》8282	殷	冊㯥（2字）	㯥原作刕
鬲奞爵	《集成》8283	殷	鬲奞（2字）	
束泉爵（9器）	《集成》8084～8292	武丁～祖庚祖甲	束泉（2字）	此同𣴎，或作一字。均于1976年出婦好墓
入且爵	《集成》8293	殷	入且（2字）	1965年出河北藁城
帘出爵	《集成》8295	殷	帘出（2字）	1980年出安陽大司空村
帘玄爵	《集成》8296	殷	帘玄（2字）	玄字原無釋
妝王爵	《集成》8309	殷	妝王（2字）	
入且乙爵（2器）	《集成》8316、8317	殷	入且乙（3字）	
冂且丙爵	《集成》8319	殷	冂且丙（3字）	冂字原無釋。1982年出湖北鄂城

器名及數量	出　　處	時　代	釋文及字數	備　註
冊且丁角	《集成》8327	殷	冊且丁（3字）	
戈且戊	《集成》8329	殷	戈且戊（3字）	
叙且戊爵	《集成》8330	殷	叙且戊（3字）	
䧹且己角	《集成》8337	殷	廙且己（3字）	䧹古廙字
子且辛爵	《集成》8343	殷	子且辛（3字）	
姍且辛爵	《集成》8344	殷	姍且辛（3字）	首字原無隸定
㢸且辛爵	《集成》8351	殷	㢸且辛（3字）	㢸字原無釋
台且辛爵	《集成》8352	殷	台且辛（3字）	
𠂤且辛爵	《集成》8353	殷	𠂤且辛（3字）	1931 年出安陽
日且壬爵	《集成》8354	殷	日且壬（3字）	
奐且癸爵	《集成》8359	殷	奐且癸（3字）	奐字原無隸定
𡧍且癸爵	《集成》8360	殷	𡧍且癸（3字）	
嬰且癸爵（2器）	《集成》8361、8362	殷	嬰且癸（3字）	嬰字原無釋
鳥且癸爵	《集成》8363	殷	鳥且癸（3字）	1981 年出甘肅甘陽
田父甲爵	《集成》8368	殷	田父甲（3字）	
啓父甲爵（2器）	《集成》8374、8375	殷	啓父甲（3字）	
天父乙爵	《集成》8376	殷	天父乙（3字）	
䧹父乙角（3器）	《集成》8379～8381	殷	廙父乙（3字）	䧹古廙字
子父乙爵	《集成》8383	殷	子父乙（3字）	
𠃊父乙爵	《集成》8390	殷	𠃊父乙（3字）	
黿父乙角	《集成》8396	殷	黿父乙（3字）	黿原作黿
魚父乙爵	《集成》8400	殷	魚父乙（3字）	
亞父乙爵	《集成》8406	殷	亞父乙（3字）	
戈父乙爵（2器）	《集成》8410、8411	殷	戈父乙（3字）	
腐父乙爵	《集成》8412	殷	腐父乙（3字）	

器名及數量	出　　處	時代	釋文及字數	備　註
雋父乙爵	《集成》8413	殷	雋父乙（3字）	首字原無隸定
弜父乙爵	《集成》8416	殷	弜父乙（3字）	
冥父乙爵	《集成》8418	殷	冥父乙（3字）	
鼎父乙爵（2器）	《集成》8421、8422	殷	鼎父乙（3字）	
爵父乙爵	《集成》8424	殷	爵父乙（3字）	
舟父乙爵	《集成》8427	殷	舟父乙（3字）	
廗父乙爵	《集成》8434	殷	廗父乙（3字）	首字原無釋
□父乙爵	《集成》8435	殷	□父乙（3字）	
魚父丙爵	《集成》8437	殷	魚父丙（3字）	
重父丙爵	《集成》8438	殷	重父丙（3字）	
子父丁爵	《集成》8442	殷	子父丁（3字）	
禾父丁爵	《集成》8443	殷	禾父丁（3字）	
共父丁爵	《集成》8445	殷	共父丁（3字）	得于新鄭
卩父丁爵	《集成》8448	殷	卩父丁（3字）	卩字原無隸定
才父丁爵	《集成》8449	殷	才父丁（3字）	
史父丁爵	《集成》8453	殷	史父丁（3字）	
韋父丁爵	《集成》8458	殷	韋父丁（3字）	韋字从四止
魚父丁爵	《集成》8460	殷	魚父丁（3字）	
弔父丁爵	《集成》8462	殷	弔父丁（3字）	弔字原作㐁
刔父丁爵	《集成》8464	殷	刔父丁（3字）	
戔父丁爵	《集成》8465	殷	戔父丁（3字）	
戈父丁爵（2器）	《集成》8467、8469	殷	戈父丁（3字）	
中父丁爵	《集成》8471	殷	中父丁（3字）	
木父丁爵	《集成》8477	殷	木父丁（3字）	
舟父丁爵（3器）	《集成》8480、8481、8483	殷	舟父丁（3字）	
亩父丁爵	《集成》8490	殷	亩父丁（3字）	

器名及數量	出　　　處	時　代	釋文及字數	備　　註
🔹父丁爵	《集成》8491	殷	🔹父丁（3字）	
曲父丁爵	《集成》8501	殷	曲父丁（3字）	
🔹父丁爵	《集成》8503	殷	🔹父丁（3字）	
🔹父丁爵	《集成》8508	殷	🔹父丁（3字）	
父丁彝爵	《集成》8509	殷	父丁彝（3字）	
□父丁爵	《集成》8511	殷	□父丁（3字）	
屰父戊爵	《集成》8520	殷	屰父戊（3字）	
🔹父戊爵	《集成》8521	殷	🔹父戊（3字）	
🔹父戊爵	《集成》8522	殷	🔹父戊（3字）	
🔹父戊爵	《集成》8527	殷	🔹父戊（3字）	
🔹父戊爵	《集成》8529	殷	🔹父戊（1字）	
凵丑父戊爵	《集成》8531	殷	凵丑父戊（4字）	原作3字
冉父戊爵（2器）	《集成》8532、8533	殷	冉父戊（3字）	8533 于 1979 年出湖北襄樊
🔹父戊爵	《集成》8535	殷	🔹父戊（3字）	
子父己爵	《集成》8536	殷	子父己（3字）	
🔹父己爵	《集成》8537	殷	🔹父己（3字）	🔹字原無釋，古羋字
🔹父己爵（2器）	《集成》8539、8540	殷	虞父己（3字）	🔹古虞字
🔹父己爵	《集成》8541	殷	🔹父己（3字）	
凵父己爵	《集成》8546	殷	凵父己（3字）	
屮父己爵	《集成》8547	殷	屮父己（3字）	屮字原無釋
臣父己爵	《集成》8548	殷	臣父己（3字）	臣字摹誤，無釋
🔹父己爵	《集成》8550	殷	🔹父己（3字）	
舌父己爵（2器）	《集成》8552、8553	殷	舌父己（3字）	
🔹父己爵	《集成》8554	殷	🔹父己（3字）	
戈父己爵	《集成》8556	殷	戈父己（3字）	

器名及數量	出　　處	時　代	釋文及字數	備　註
𫚉父己爵	《集成》8561	殷	𫚉父己（3字）	
父己㓤爵	《集成》8563	殷	父己㓤（3字）	
萬父己爵	《集成》8564	殷	萬父己（3字）	
舟父己爵（2器）	《集成》8569、8571	殷	舟父己（3字）	8571 于 1975 年出湖北鄂城
冈父己爵	《集成》8572	殷	冈父己（3字）	
覃父己爵	《集成》8577	殷	覃父己（3字）	覃字原無釋
凵父己爵	《集成》8578	殷	凵父己（3字）	凵字原無釋
子父庚爵	《集成》8584	殷	子父庚（3字）	
㺸父庚爵（2器）	《集成》8585、8586	殷	㺸父庚（3字）	
羮父庚爵	《集成》8587	殷	羮父庚（3字）	羮古羮字
𠈃父庚爵	《集成》8591	殷	𠈃父庚（3字）	
𤝼父庚爵	《集成》8592	殷	𤝼父庚（3字）	
子父辛爵（2器）	《集成》8593、8594	殷	子父辛（3字）	
団父辛爵	《集成》8597	殷	団父辛（3字）	
大父辛爵	《集成》8598	殷	大父辛（3字）	
屰父辛爵	《集成》8599	殷	屰父辛（3字）	
光父辛爵	《集成》8600	殷	光父辛（3字）	光或作光。出安陽
𤣥父辛爵	《集成》8601	殷	𤣥父辛（3字）	首字原無隸定。1970 年出殷墟
𤞷父辛爵	《集成》8603	殷	𤞷父辛（3字）	原無隸定
廣父辛爵	《集成》8608	殷	廣父辛（3字）	廣古廣字
史父辛爵	《集成》8615	殷	史父辛（3字）	
黽父辛爵	《集成》8618	殷	黽父辛（3字）	
𤕟父辛爵	《集成》8626	殷	𤕟父辛（3字）	
畐父辛爵（2器）	《集成》8627、8628	殷	畐父辛（3字）	

器名及數量	出　　處	時　代	釋文及字數	備　註
中父辛爵	《集成》8630	殷	中父辛（3字）	
亞父辛爵	《集成》8631	殷	亞父辛（3字）	
鼎父辛爵	《集成》8639	殷	鼎父辛（3字）	
冊父辛爵	《集成》8641	殷	冊父辛（3字）	
冄父辛爵	《集成》8644	殷	冄父辛（3字）	
𝗫父辛爵	《集成》8645	殷	𝗫父辛（3字）	
𝗫父辛爵	《集成》8650	殷	𝗫父辛（3字）	
𝗫父辛爵	《集成》8654	殷	𝗫父辛（3字）	
戈父辛爵	《集成》8656	殷	戈父辛（3字）	1980年出湖北隨縣
子父壬爵	《集成》8662	殷	子父壬（字）	
子父癸爵	《集成》8666	殷	子父癸（3字）	
虡父癸爵（3件）	《集成》8673～8675	殷	虡父癸（3字）	虡古虞字
𝗫父癸爵	《集成》8680	殷	𝗫父癸（3字）	
𝗫父癸爵	《集成》8681	殷	𝗫父癸（3字）	
𝗫父癸爵	《集成》8686	殷	𝗫父癸（3字）	
秉父癸爵（2器）	《集成》8688、8689	殷	秉父癸（3字）	
徙父癸爵	《集成》8690	殷	徙父癸（3字）	
黿父癸爵	《集成》8693	殷	黿父癸（3字）	黿原作黿
鳥父癸爵（2器）	《集成》8694、8695	殷	鳥父癸（3字）	
隻父癸爵	《集成》8697	殷	隻父癸（3字）	
雒父癸爵	《集成》8698	殷	雒父癸（3字）	
戈父癸爵（2器）	《集成》8699、8700	殷	戈父癸（3字）	
𝗫父癸爵	《集成》8704	殷	𝗫父癸（3字）	首字原無隸定
土父癸爵	《集成》8708	殷	土父癸（3字）	土字原無釋
𝗫父癸爵	《集成》8709	殷	𝗫父癸（3字）	1958年出河北臨城

器名及數量	出　　處	時　代	釋文及字數	備　註
🔲父癸爵	《集成》8710	殷	🔲父癸（3字）	
木父癸爵	《集成》8711	殷	木父癸（3字）	
冂父癸爵	《集成》8712	殷	冂父癸（3字）	冂字原無釋
🔲父癸爵	《集成》8713	殷	🔲父癸（3字）	父字原摹有誤
🔲父癸爵	《集成》8714	殷	🔲父癸（3字）	
🔲父癸爵	《集成》8715	殷	🔲父癸（3字）	
🔲父癸爵	《集成》8717	殷	🔲父癸（3字）	
🔲父癸爵	《集成》8718	殷	🔲父癸（3字）	
🔲父癸爵	《集成》8722	殷	🔲父癸（3字）	
𢆉父癸爵（4器）	《集成》8723～8726	殷	𢆉父癸（3字）	
🔲父癸爵	《集成》8727	殷	🔲父癸（3字）	
父癸□爵	《集成》8730	殷	父癸□（3字）	
🔲父□爵	《集成》8731	殷	🔲父□（3字）	
□父□爵	《集成》8732	殷	□父□（3字）	
戈母乙爵	《集成》8734	殷	戈母乙（3字）	出河南上蔡
🔲匕乙爵	《集成》8735	殷	🔲匕乙（3字）	
竝匕乙爵	《集成》8736	殷	竝匕乙（3字）	
主匕丙爵	《集成》8737	殷	主匕丙（3字）	主字摹誤，原無釋。原作匕丙🔲
🔲母己爵	《集成》8738	殷	🔲母己（3字）	
司母🔲爵（9器）	《集成》8743～8751	祖庚祖甲	后母🔲（3字）	司字宜作后。1976年出婦好墓
□🔲妥爵	《集成》8752	殷	□🔲妥（3字）	🔲似若字殘泐
齊嫄□爵（2器）	《集成》8753、8754	殷	齊嫄□（3字）	
帚孖竹爵	《集成》8755	殷	帚孖竹（3字）	1936年出安陽小屯。孖竹二字原無釋

器名及數量	出　　　處	時　代	釋文及字數	備　註
子●女爵（4器）	《集成》8756～8759	殷	子●女（3字）	1977年出安陽小屯
子示單爵	《集成》8760	殷	子示單（3字）	示字原無釋
子示✗爵	《集成》8761	殷	子示✗（3字）	示字原無釋
目子示爵	《集成》8762	殷	目子示（3字）	1982年出安陽苗圃。目示二字原無釋
子示萬爵（2器）	《集成》8763、8764	殷	子示萬（3字）	示字原無釋
子示鄉爵	《集成》8765	殷	子示卿（3字）	示字原無釋，鄉字宜作卿
⋈仐保爵（2器）	《集成》8769、8770	殷	⋈仐保（3字）	1957年出安陽高樓
𦥑亞🐚爵（4器）	《集成》8771～8774	殷	虞亞🐚（3字）	𦥑古虞字。1957年出山東長清
亞父🐚爵	《集成》8775	殷	亞父🐚（3字）	1982年出陝西淳化
亞父畀爵	《集成》8776	殷	亞父畀爵（3字）	
亞襄🔥爵	《集成》8777	殷	亞襄🔥（3字）	
亞女方爵	《集成》8778	殷	亞女方（3字）	方字原無釋
亞乙羌爵	《集成》8779	殷	亞乙羌（3字）	
亞冊舟爵	《集成》8780	殷	亞冊舟（3字）	
亞夭🐚爵	《集成》8781	殷	亞夭🐚（3字）	夭字原無釋
亞🐚舟爵	《集成》8782	殷	亞🐚舟（3字）	
亞㠱術爵（2器）	《集成》8783、8784	殷	亞㠱術（3字）	
亞干示爵	《集成》8785	殷	亞干示（3字）	干示二字原無釋
亞🐚乂爵	《集成》8786	殷	亞🐚乂（3字）	乂字原無釋
𨹔亞屮爵	《集成》8787	殷	𨹔亞屮（3字）	
者亞🐚爵	《集成》8788	殷	者亞🐚（3字）	者字原無釋，或作告。出安陽

器名及數量	出　　　處	時　代	釋文及字數	備　　註
〔符〕乙爵	《集成》8789	殷	〔符〕乙（3字）	
〔符〕丁乚爵	《集成》8790	殷	〔符〕丁乚（3字）	
冊丁酉爵	《集成》8791	殷	冊丁酉（3字）	
何〔符〕戊爵	《集成》8795	殷	何〔符〕戊（3字）	
羊己妗爵	《集成》8796	殷	羊己妗（3字）	
辛鄉宁爵	《集成》8797	殷	辛卿宁（3字）	鄉宜作卿
辛秉丗爵	《集成》8798	殷	辛秉丗（3字）	丗字原無釋
〔符〕〔符〕辛爵	《集成》8799	殷	羮〔符〕辛（3字）	羮古羮字。〔符〕殆亦吳
日辛共爵	《集成》8800	殷	日辛共（3字）	1969 年出殷墟
宁末口爵	《集成》8801	殷	宁末口（3字）	宁口二字原無釋
〔符〕丁貝爵	《集成》8802	殷	〔符〕丁貝（3字）	丁原作人。1978 年出殷墟
羊貝車爵	《集成》8804	殷	羊貝車（3字）	
北單戈爵（2器）	《集成》8806、8807	殷	北單戈（3字）	8806 于 1950 年出安陽武官
西單〔符〕爵	《集成》8808	殷	西單〔符〕（3字）	
戈〔符〕〔符〕爵	《集成》8809	殷	戈〔符〕〔符〕（3字）	
〔符〕夫戁爵	《集成》8813	殷	〔符〕夫戁（3字）	戁字原無釋
〔符〕羍筍爵	《集成》8814	殷	〔符〕羍筍（3字）	筍古箙字
目〔符〕〔符〕爵	《集成》8815	殷	目〔符〕〔符〕（3字）	目字原無釋
弓〔符〕羊爵	《集成》8821	殷	弓〔符〕羊（3字）	羊字原無釋
唐子且乙爵（3器）	《集成》8834〜8836	殷	唐子且乙（4字）	
〔符〕口且乙爵	《集成》8837	殷	〔符〕口且乙（4字）	
爵〔符〕且丁爵	《集成》8840	殷	爵〔符〕且丁（4字）	〔符〕字原未隸定
丗佣且己爵	《集成》8842	殷	丗佣且己（4字）	
弓韋且己爵	《集成》8843	殷	弓韋且己（4字）	韋字从四止
亞獸父甲爵	《集成》8850	殷	亞〔符〕父甲（4字）	

器名及數量	出　　　處	時　代	釋文及字數	備　註
亞𤥨父乙爵	《集成》8852	殷	亞𤥨父乙（4字）	
亞𤥨父乙爵	《集成》8854	殷	亞𤥨父乙（4字）	
𤥨父乙爻角	《集成》8857	殷	𤥨父乙（4字）	
亞聿父乙爵	《集成》8858	殷	亞聿父乙（4字）	
子刀父乙爵	《集成》8861	殷	子刀父乙（4字）	
庚豕父乙爵	《集成》8865	殷	庚豕父乙（4字）	1982年出安陽小屯
𤥨獸父乙爵	《集成》8867	殷	𤥨犬父乙（4字）	犬字原無釋
𤥨父父乙爵	《集成》8870	殷	𤥨父父乙（4字）	
秉丑父乙爵	《集成》8871	殷	秉丑父乙（4字）	
𤥨𤥨父乙爵	《集成》8873	殷	𤥨𤥨父乙（4字）	
陸冊父乙角	《集成》8874	殷	陸冊父乙（4字）	
膚中中父乙爵	《集成》8875	殷	膚中中父乙（4字）	1942年出安陽
亞𤥨父丙角	《集成》8882	殷	亞𤥨父丙（4字）	𤥨或釋醜
亞魚父丁爵（2器）	《集成》8888、8889	帝辛	亞魚父丁（4字）	1984年出殷墟。發掘報告定爲帝辛期
亞獲父丁角	《集成》8894	殷	亞獲父丁（4字）	
亞獲父丁爵	《集成》8895	殷	亞獲父丁（4字）	
𤥨𤥨父丁爵	《集成》8896	殷	𤥨𤥨父丁（4字）	
己竝父丁爵（3器）	《集成》8898～8900	殷	己竝父丁（4字）	8898于1952年出安陽
尹舟父丁爵	《集成》8902	殷	尹舟父丁（4字）	
射獸父丁爵	《集成》8904	殷	射𤥨父丁（字）	
膚冊父丁爵	《集成》8907	殷	膚冊父丁（4字）	
□冊父丁爵	《集成》8913	殷	□冊父丁（4字）	
𤥨庚父丁爵	《集成》8915	殷	𤥨庚父丁（4字）	1973年出山東鄒縣

器名及數量	出　　處	時代	釋文及字數	備　註
🜚作父戊爵	《集成》8923	殷	🜚乍父戊（4字）	傳出安陽。殆5字
亞古父己角	《集成》8927	殷	亞古父己（4字）	古字原無釋
字笱父己爵	《集成》8929	殷	字笱父己（4字）	字字原無釋。笱古簠字
韋🜚父己爵	《集成》8930	殷	韋🜚父己（4字）	韋字从四止。原無釋
冊單父乙爵	《集成》8937	殷	冊單父己（4字）	
亞🜚父辛爵	《集成》8943	殷	亞🜚父辛（4字）	
🜚興父辛爵	《集成》8951	殷	🜚興父辛（4字）	
刀子父壬爵	《集成》8954	殷	刀子父壬（4字）	
大棘父癸	《集成》8956	殷	大棘父癸（4字）	大似應作天
何🜚父癸爵（3器）	《集成》8957～8959	殷	何🜚父癸（4字）	
🜚子父癸爵	《集成》8961	殷	🜚子父癸（4字）	
北酉父癸爵	《集成》8962	殷	北酉父癸（4字）	
尹舟父癸爵	《集成》8967	殷	尹舟父癸（4字）	
斐🜚父癸爵	《集成》8968	殷	斐🜚父癸（4字）	
🜚旅父癸爵	《集成》8969	殷	🜚旅父癸（4字）	🜚字原無釋
🜚🜚父癸爵	《集成》8970	殷	🜚🜚父癸（4字）	
庚🜚父癸爵	《集成》8972	殷	庚🜚父癸（4字）	
聑而婦🜚爵（3器）	《集成》8982～8984	殷	聑而婦🜚（4字）	1952年出河南輝縣。而字原無釋
子壬乙酉爵	《集成》8987	殷	子壬乙酉（4字）	壬字原無釋
🜚且丁父乙爵	《集成》8993	殷	🜚且丁父乙（5字）	
亞父丁爵	《集成》9007	殷	🜚采亞父丁（5字）	
亞共父丁爵	《集成》9008	殷	亞共🜚父丁（5字，器蓋同銘）	

器名及數量	出　處	時　代	釋文及字數	備　註
啓宁父戊爵	《集成》9014	殷	啓宁🔻父戊（5字）	
亞✦父己爵	《集成》9015	殷	亞✦父己🔻（5字）	1956年出河南上蔡
子工父癸爵	《集成》9022	殷	木子工父癸（5字）	
✦父癸爵	《集成》9023	殷	□✦乍父癸（5字）	
子冊父乙爵	《集成》9049	殷	子冊✦✦父乙（6字）	
貝隹易父乙爵（2器）	《集成》9050、9051	殷	貝隹易✦父乙（6字）	✦原作✦
糸子刀父己爵	《集成》9055	殷	糸子土刀父乙（6字）	
✦父庚爵（2器）	《集成》9056、9057	殷	✦以宗父庚彝（6字）	1983年出安陽大司空村
冊弜且乙爵	《集成》9064	殷	冊弜乍且乙亞戈（鋬2，器5）	
韋冊父丁爵	《集成》9072	殷	冊韋乍父丁尊彝（7字）	韋字从四止。原無釋
✦術天父庚爵	《集成》9074	殷	✦術天父庚✦✦（7字）	✦殆且字倒文
亞矤母癸爵	《集成》9075	殷	亞矤✦乍母癸（7字）	1941年出安陽
友戕父癸爵（2器）	《集成》9082、9083	殷	友戕父癸七‖母止（8字）	
子✦父乙爵	《集成》9088	殷	子✦才✦乍文父乙彝（9字，器蓋同銘）	
者姒爵	《集成》9090	殷	亞✦者姒以大子尊彝（9字）	✦或釋醜
婦✦爵（2器）	《集成》9092、9093	殷	婦✦乍文姑日癸尊彝廣（9字，器蓋同銘）	

器名及數量	出　　處	時　代	釋文及字數	備　註
婦𠄌爵	《集成》9098	殷	乙未王賞婦𠄌才𣄰用乍尊彝（12字）	𠄌字原未釋
𣱱作父癸爵	《集成》9100	殷	甲寅子易𣱱𣱱貝用乍父癸尊彝（13字）	
𣄰魚爵	《集成》9101	帝辛	辛卯王易𣄰魚貝用乍父丁彝亞魚（器12字蓋2字）	圖版未錄蓋銘。1984年出殷墟。發掘報告定為帝辛期
旬亞作父癸爵	《集成》9102	殷	丙申王易旬亞虎奚貝才𩶜用乍父癸彝（16字）	旬古籀字
宰𣏾角	《集成》9105	殷	庚申王才闌王各宰𣏾从易貝五朋用乍父丁尊彝才六月隹王廿祀翌又五𦜕冊（鋬2字口30字）	
而斝	《集成》9106	殷	而（1字）	
𤇾斝	《集成》9107	殷	𤇾（1字）	
𠂤斝	《集成》9108	殷	𠂤（1字）	
𡆥斝	《集成》9109	殷	𡆥（1字）	
匕斝	《集成》9110	殷	匕（1字）	出安陽西北崗
𢀒斝	《集成》9111	殷	𢀒（1字）	
𧊒斝	《集成》9112	殷	𧊒（1字）	
奚斝	《集成》9113	殷	奚（1字）	
匿斝（2器）	《集成》9114、9115	殷	匿（1字）	
何斝（2器）	《集成》9116、9117	殷	何（1字）	9117傳出安陽郭家灣

器名及數量	出　　處	時代	釋文及字數	備　註
〔圖〕罍	《集成》9118	殷	〔圖〕、（1字）	殆二字
竝罍	《集成》9119	殷	竝（1字）	
北罍	《集成》9120	殷	北（1字）	
〔圖〕罍	《集成》9121	殷	〔圖〕（1字）	
臣罍	《集成》9122	殷	臣（1字）	
叟罍	《集成》9123	殷	叟（1字）	
聿罍	《集成》9124	殷	聿（1字）	
史罍	《集成》9125	殷	史（1字）	
爰罍	《集成》9126	殷	爰（1字）	
其罍	《集成》9127	武丁～	其（1字）	1976年出婦好墓
興罍（2器）	《集成》9128、9129	殷	興（1字）	
〔圖〕罍（2器）	《集成》9130、9131	殷	〔圖〕（1字）	
〔圖〕罍	《集成》9132	殷	〔圖〕（1字）	1952年出安陽
徙罍	《集成》9133	殷	徙（1字）	1968年出河南溫縣
黿罍	《集成》9134	殷	黿（1字）	黿原作奄
鳥罍	《集成》9135	殷	鳥（1字）	
〔圖〕罍	《集成》9136	殷	〔圖〕（1字）	〔圖〕原作儁
〔圖〕罍（2器）	《集成》9137、9138	殷	〔圖〕（1字）	
〔圖〕罍	《集成》9139	殷	〔圖〕（1字）	
戈罍	《集成》9140	殷	戈（1字）	1952年出河南輝縣
〔圖〕罍	《集成》9141	殷	〔圖〕（1字）	
笱罍	《集成》9142	殷	笱（1字）	傳出安陽。笱古簛字
亞罍	《集成》9143	殷	亞（1字）	1980年出安陽大司空村
〔圖〕罍	《集成》9144	殷	〔圖〕（1字）	傳出安陽

器名及數量	出　　處	時　代	釋文及字數	備　註
⊖罍	《集成》9145	殷	⊖（1字）	
亯罍	《集成》9146	殷	亯（1字）	
冊方罍	《集成》9147	殷	冊（1字）	
⊕罍	《集成》9148	殷	⊕（1字）	
◇罍	《集成》9149	殷	◇（1字）	
串罍	《集成》9150	殷	串（1字）	
𠂤罍	《集成》9151	殷	𠂤（1字）	
戊罍（2器）	《集成》9152、9153	殷	戊（1字）	
癸罍	《集成》9154	殷	癸（1字）	
⋔罍	《集成》9155	殷	⋔（1字）	
亞矣罍（3器）	《集成》9156～9158	殷	亞矣（2字）	9157出安陽侯家莊
亞醜罍	《集成》9159	殷	亞醜（2字）	醜或釋醜
亞酉罍	《集成》9160	殷	亞酉（2字）	
亞殻罍	《集成》9161	殷	亞殻（2字）	殻原作殼
亞⊂罍	《集成》9162	殷	亞⊂（2字）	
亞其罍	《集成》9163	武丁～	亞其（2字）	1976年出婦好墓
亞獏罍	《集成》9164	殷	亞獏（2字）	1940年出安陽
且戊罍	《集成》9165	殷	且戊（2字）	
且己罍	《集成》9166	殷	且己（2字）	
父乙罍	《集成》9167	殷	父乙（2字）	
父己罍	《集成》9168	殷	父己（2字）	1974年出殷墟
父庚罍	《集成》9169	殷	父庚（2字）	
父辛罍	《集成》9170	殷	父辛（2字）	1116年得于臨朐
父癸罍	《集成》9171	殷	父癸（2字）	
子蝠罍	《集成》9172	殷	子蝠（2字，器蓋同銘）	
子媚罍	《集成》9173	殷	子媚（2字）	媚字原無釋

器名及數量	出　　　處	時　代	釋文及字數	備　　註
子漁斝	《集成》9174	武丁～祖庚、祖甲	子漁（2字）	1976年出安陽小屯
䖵𠨭斝	《集成》9175	殷	虞𠨭（2字）	䖵古虞字
䖵擄斝	《集成》9176	殷	虞擄（2字）	䖵古虞字。擄字原隸定稍異。傳出山東費縣
女亞斝	《集成》9177	殷	女亞（2字）	
婦好斝（4器）	《集成》9178～9181	武丁～	婦好（2字）	1976年出婦好墓
酋乙斝（3器）	《集成》9182～9184	殷	酋乙（2字）	酋字原無釋。9184器蓋同銘，傳出山東
𩵋乙斝	《集成》9185	殷	𩵋乙（2字）	
乙魚斝	《集成》9186	殷	乙魚（2字）	
庚戈斝	《集成》9187	殷	庚戈（2字）	
辛𢆶斝	《集成》9188	殷	辛𢆶（2字）	
𠨭粦斝	《集成》9189	殷	𠨭粦（2字）	粦原未隸定。傳出安陽郭家莊
𡘋田斝	《集成》9190	殷	𡘋田（2字）	
弔龜斝	《集成》9193	殷	弔龜（2字）	弔字原無釋
鄉宁斝	《集成》9195	殷	卿宁（2字）	鄉宜作卿
買車斝	《集成》9196	殷	買車（2字）	
車𠨭斝	《集成》9197	殷	車𠨭（2字）	
𧗲冊斝	《集成》9198	殷	𧗲冊（2字）	
𡨋冊斝	《集成》9199	殷	𡨋冊（2字）	
西單斝	《集成》9200	殷	西單（2字）	
爻且丁斝	《集成》9201	殷	爻且丁（3字）	
𡆥且丁斝	《集成》9202	殷	𡆥且丁（3字）	
𢀜且己斝	《集成》9203	殷	𢀜且己（3字）	

器名及數量	出　　　處	時　代	釋文及字數	備　　註
豪父甲罍	《集成》9204	殷	豪父甲（3字）	
田父甲罍	《集成》9205	殷	田父甲（3字，器蓋同銘）	
冉父乙罍	《集成》9208	殷	冉父乙（3字）	
黿父乙罍	《集成》9209	殷	黿父乙（3字）	
山父乙罍	《集成》9210	殷	山父乙（3字）	
單父乙罍	《集成》9212	殷	單父乙（3字）	
聿父戊罍	《集成》9213	殷	聿父戊（3字）	
保父己罍	《集成》9214	殷	保父己（3字）	
冉父乙罍	《集成》9215	殷	冉父乙（3字）	
冉父辛罍（2器）	《集成》9216、9217	殷	冉父辛（3字）	1116年得于臨朐
𦰩父癸罍	《集成》9219	殷	廣父癸（3字）	𦰩古廣字
舁父癸罍	《集成》9220	殷	舁父癸（3字）	舁字原未隸定
W父□罍	《集成》9221	殷	W父□（3字）	
后母辛罍（2器）	《集成》9222、9223	武丁～祖庚祖甲	后母辛（3字）	原作司辛母。1976年出婦好墓
子束泉罍	《集成》9224	同前	子束泉（3字）	束泉或作鼻，1976年出婦好墓
亞羃衒罍	《集成》9225	殷	亞羃衒（3字）	
諨🐱鷄罍	《集成》9226	殷	諨🐱鷄（3字）	🐱
七田丫罍	《集成》9227	殷	七田丫（3字）	
亞弜父丁罍	《集成》9228	殷	亞弜父丁（4字）	
丩冊作父戊罍	《集成》9231	殷	丩冊乍父戊（5字）	原作5字
山⌣父辛罍	《集成》9232	殷	山⌣父辛（4字）	
何父癸罍	《集成》9233	殷	何父癸□（4字）	
亞次馬豪罍	《集成》9234	殷	亞次馬豪（4字）	次字原無釋
𦫵冊作彝罍	《集成》9235	殷	𦫵冊乍彝（4字）	

器名及數量	出　　　處	時　代	釋文及字數	備　　註
光作從彝罍	《集成》9237	殷	光乍從彝（4字）	
辛亞🌱罍	《集成》9238	殷	辛亞🌱示（4字）	原作5字。🌱似为禽古字
祝父丁罍	《集成》9240	殷	戈祝乍父丁彝（6字）	祝字原無釋
亞異矣母癸罍	《集成》9245	殷	亞異矣🔲乍母癸（7字）	
婦🔲日癸罍（2器）	《集成》9246、9247	殷	婦🔲乍文姑日癸障彝虜（10字）	
小臣邑罍	《集成》9249	殷	癸巳易小臣邑貝十朋用乍母癸障彝隹王六祀彡日才四月亞矣（26字）	
🔲觥	《集成》9250	殷	🔲（1字）	
婦觥	《集成》9251	殷	婦（1字，器蓋同銘）	
亞若觥蓋	《集成》9253	殷	亞若（2字）	
🔲觥	《集成》9254	殷	🔲（2字）	
尹芥觥	《集成》9255	殷	尹芥（2字）	
示貯觥	《集成》9256	殷	示貯（2字）	示字原無釋
告田觥	《集成》9257	殷	告田（2字）	
矢宁觥	《集成》9258	殷	矢宁（2字）	
傘旅觥	《集成》9259	殷	傘旅（2字）	傘字原無釋
婦好觥（2器）	《集成》9260、9261	武丁～	婦好（2字）	1976年出婦好墓
🔲觥	《集成》9262	殷	🔲（2字，器蓋同銘）	🔲或作言
🔲己觥	《集成》9263	殷	🔲己（2字，器蓋同銘）	
庚羍觥蓋	《集成》9264	殷	庚羍（2字）	

器名及數量	出　　處	時代	釋文及字數	備　註
羊父甲觥	《集成》9266	殷	羊父甲（3 字，器蓋同銘）	
黿父乙觥	《集成》9267	殷	黿父乙（3 字，器蓋同銘）	黿原作䵶
舁父乙觥	《集成》9268	殷	舁父乙（3 字，器蓋同銘）	舁當古舁字
虞父乙觥（2器）	《集成》9269、9270	殷	虞父乙（3 字）	虞古虞字。9269器蓋同銘
山父乙觥	《集成》9271	殷	山父乙（3 字）	
豢父乙觥	《集成》9272	殷	豢父乙（3 字）	
竟父戊觥	《集成》9276	殷	竟父戊（3 字）	
黿父癸觥	《集成》9279	殷	黿父癸（3 字）	黿原作䵶
司母辛觥（2器）	《集成》9280、9281	祖庚祖甲	后母辛（3 字，器蓋同銘）	司字宜作后。1976年出婦好墓
冊㰷𠁁觥	《集成》9283	殷	冊㰷𠁁（3 字，器蓋同銘）	㰷字原作茄
虞文父丁觥	《集成》9284	殷	虞文父丁（4 字）	虞古虞字
晝弘觥	《集成》9288	殷	晝弘乍障彝（5字，器蓋同銘）	
作母戊觥蓋	《集成》9291	殷	乍母戊寶障彝（6 字）	1975年出河南林縣
者女觥（2器）	《集成》9294、9295	殷	亞醜者女以大子障彝（9 字，器蓋同銘）	醜或釋醜
文嫀己觥	《集成》9301	殷	丙寅子易□貝用乍文嫀己寶彝才十月又三虞（18字）	虞字原作装
买盉	《集成》9305	殷	买（1 字，器蓋同銘）	
屮盉	《集成》9306	殷	屮（1 字）	
疒盉	《集成》9307	殷	疒（1 字）	原無釋。得于京兆

器名及數量	出　　　處	時　代	釋文及字數	備　　註
黿盉	《集成》9310	殷	黿（1字，器蓋同銘）	黿原作黿
🐦盉	《集成》9312	殷	🐦（1字，器蓋同銘）	
↑盉	《集成》9313	殷	↑（1字）	
左盉	《集成》9315	殷	左（1字）	
中盉	《集成》9316	殷	中（1字）	
右盉	《集成》9317	殷	右（1字）	
甲盉	《集成》9318	殷	甲（1字）	
冄盉	《集成》9319	殷	冄（1字）	
人盉	《集成》9321	殷	人（1字）	
爻盉	《集成》9322	殷	爻（1字）	原無釋
亞𪔌盉（2器）	《集成》9323、9324	殷	亞𪔌（2字）	9324 器蓋同銘。𪔌或釋醜
亞𧭈盉	《集成》9326	殷	亞𧭈（2字，器蓋同銘）	
亞攄盉	《集成》9327	殷	亞攄（2字）	次字隸定稍異
冄鑾盉	《集成》9330	殷	冄鑾（2字，器蓋同銘）	
婦好盉（3器）	《集成》9333～9335	武丁～	婦好（2字）	1976 年出婦好墓
子父乙盉（2器）	《集成》9338、9339	殷	子父乙（3字）	
畁父乙盉	《集成》9344	殷	畁父乙（3字，器蓋同銘）	畁字原無釋
丩冊父乙盉	《集成》9346	殷	丩冊父乙（3字，器蓋同銘）	
子父丁盉	《集成》9349	殷	子父丁（3字，器蓋同銘）	
𠓗父丁盉	《集成》9351	殷	𠓗父丁（3字，器蓋同銘）	
冄父丁盉	《集成》9352	殷	冄父丁（3字）	

器名及數量	出　　處	時代	釋文及字數	備　註
黿父戊盉	《集成》9354	殷	黿父戊（3字）	黿原作𪓰
黿父癸盉	《集成》9359	殷	黿父癸（3字）	黿原作𪓰
𠊱父癸盉	《集成》9360	殷	𠊱父癸（3字）	
𠔼父癸盉	《集成》9363	殷	𠔼父癸（3字）	
冄父癸盉	《集成》9365	殷	冄父癸（3字，器蓋同銘）	
亞䤵母盉	《集成》9366	殷	亞䤵母（3字，器蓋同銘）	䤵或釋醜
𥲤參父乙盉	《集成》9370	殷	𥲤參父乙（4字，器蓋同銘）	𥲤古箙字。參字原無釋
亞䤵父丁盉	《集成》9373	殷	亞䤵父丁（4字）	䤵或釋醜
亞獏父丁盉	《集成》9374	殷	亞獏父丁（4字，器蓋同銘）	
亞得父丁盉	《集成》9375	殷	亞得父丁（4字，器蓋同銘）	
戈宁父丁盉	《集成》9376	殷	戈宁父丁（4字，器蓋同銘）	
㼌冊父丁盉	《集成》9377	殷	㼌冊父丁（4字，器蓋同銘）	
亞古父己盉	《集成》9378	殷	亞古父己（4字，器蓋同銘）	古字原無釋
亞孳父辛盉	《集成》9379	殷	亞孳父辛（4字）	
子◆父甲盉	《集成》9387	殷	子◆𦥑父甲（5字，器蓋同銘）	
北單戈父丁盉	《集成》9389	殷	北單戈父丁（5字）	
亞鳥父丁盉	《集成》9403	殷	亞鳥宁从父丁（6字。器蓋同銘）	
戈祝父丁盉	《集成》9404	殷	戈祝乍父丁彝（6字，器蓋同銘）	祝字原無釋
中父丁盉	《集成》9405	殷	中乍戈丁父丁彝（蓋7字器5字）	
亞𬓛盉	《集成》9415	殷	亞𬓛乍□子辛彝（7字）	

器名及數量	出　　處	時　代	釋文及字數	備　註
沋父乙盉	《集成》9421	殷	沋乍父乙尊彝㭫冊（8字，器蓋同銘）	沋字原無釋
亞異侯父乙盉	《集成》9439	殷	亞異侯夨匿侯易亞貝乍父乙寶隣彝（15字，器蓋同銘）	
丙壺	《集成》9458	殷	丙（1字）	
㗊壺（2器）	《集成》9459、9460	殷	㗊（1字）	
耳壺	《集成》9461	殷	耳（1字）	
𤔲壺（2器）	《集成》9462、9463	殷	𤔲（1字）	9463出安陽西北崗
夯壺	《集成》9464	殷	夯（1字）	原未隸定
興壺（2器）	《集成》9465、9466	殷	興（1字）	
𥁕壺	《集成》9467	殷	𥁕（1字）	
弜壺	《集成》9468	殷	弜（1字）	弜原作赫
鳥壺	《集成》9471	殷	鳥（1字）	
戈壺	《集成》9472	殷	戈（1字）	
弓壺	《集成》9473	殷	弓（1字）	
黃壺	《集成》9474	殷	黃（1字）	原無釋
爻壺	《集成》9475	殷	爻（1字）	
亞佣壺	《集成》9478	殷	亞佣（2字）	佣字原無釋
亞弜壺	《集成》9479	殷	亞弜（2字）	
🔺旅壺	《集成》9480	殷	🔺旅（2字）	
鄉宁壺（2器）	《集成》9481、9482	殷	卿宁（2字）	鄉字宜作卿
丁聑壺	《集成》9484	殷	丁聑壺（2字）	
子龍壺	《集成》9485	殷	子龍（2字）	
婦好壺（2器）	《集成》9486、9487	武丁～	婦好（2字）	1976年出婦好墓
心守壺	《集成》9488	殷	心守（2字）	1976年出河北藁城

器名及數量	出　　處	時代	釋文及字數	備　註
天犬壺	《集成》9489	殷	天犬（2字）	犬字原無釋
史旅壺	《集成》9490	殷	史旅（2字）	
盟商壺	《集成》9491	殷	盟商（2字）	
父己壺	《集成》9493	殷	父己（2字）	
子父乙壺	《集成》9500	殷	子父乙（3字）	
🔲父辛壺	《集成》9505	殷	🔲父辛（3字）	
廣兄辛壺	《集成》9507	殷	廣兄辛（3字，器蓋同銘）	廣古廣字
北單戈壺	《集成》9508	殷	北單戈（3字）	
婦好正壺	《集成》9509	武丁～	婦好正（3字，器蓋同銘）	
司𤔲母方壺（2器）	《集成》9510、9511	祖庚祖甲	后母𤔲（3字）	原作司𤔲母。1976年出婦好墓
🔲▬父丁壺	《集成》9524	殷	🔲▬父丁（4字）	
亞羌壺	《集成》9544	殷	亞羌乍🔲彝（5字）	
工冊天父己壺	《集成》9547	殷	工冊天父己（5字）	
亞文父乙壺	《集成》9565	殷	亞文父乙子丩（6字）	
沈父乙壺	《集成》9566	殷	沈父乙彝枞冊（存6字）	沈字原無釋
人作父己壺	《集成》9576	殷	魋人乍父己隨彝（7字）	人字原無釋
竝罍	《集成》9736	殷	竝（1字）	
母罍	《集成》9738	殷	母（1字）	
何罍	《集成》9739	殷	何（1字）	傳出安陽郭家灣
🔲罍	《集成》9741	殷	🔲（1字）	
得罍	《集成》9742	殷	得（1字，器蓋同銘）	
漁罍	《集成》9743	殷	漁（1字）	原从魚从廾

器名及數量	出　　處	時　代	釋文及字數	備　註
鑫罍	《集成》9744	殷	鑫（1字）	
麝罍	《集成》9745	殷	麝（1字）	原無釋
⊞罍	《集成》9746	殷	⊞（1字）	
鳶罍	《集成》9747	殷	鳶（1字）	傳出安陽
囲罍	《集成》9748	殷	囲（1字）	
貯罍	《集成》9750	殷	貯（1字）	
宀罍	《集成》9751	殷	宀（1字）	
戈罍（3器）	《集成》9752～9755	殷	戈（1字）	9755兩耳內同銘
舟罍	《集成》9756	殷	舟（1字）	
亞矣罍	《集成》9762	殷	亞矣（2字，兩耳同銘）	矣古疑字
亞醜罍（5器）	《集成》9763～9767	殷	亞醜（2字）	醜或釋醜。9765器蓋同銘
亞止罍	《集成》9769	殷	亞止（2字）	
黃攎罍	《集成》9770	殷	廣攎（2字）	黃古廣字；攎字原隸定稍異。傳1981年出山東費縣
登芦罍	《集成》9771	殷	登芦（2字）	出遼寧喀左
羌又罍	《集成》9772	殷	羌又（2字）	
畫甲罍	《集成》9773	殷	畫甲（2字）	
敄示罍	《集成》9774	殷	敄示（2字）	原無釋
冊得罍	《集成》9775	殷	冊得（2字）	
車斤罍	《集成》9776	殷	車斤（2字）	
癸丁罍	《集成》9779	殷	癸丁（2字）	
母鼓罍	《集成》9780	殷	母鼓（2字，器蓋同銘）	1964年出河南洛陽
婦好方罍（2器）	《集成》9781、9782	武丁～	婦好（2字）	1976年出婦好墓
戶姦罍	《集成》9783	殷	戶姦（2字）	

器名及數量	出　　處	時　代	釋文及字數	備　註
田父甲罍	《集成》9785	殷	田父甲（3字）	
▲父乙罍	《集成》9786	殷	▲父乙（3字）	
▲父己罍	《集成》9788	殷	▲父己（3字）	
▲見冊罍	《集成》9792	殷	▲見冊（3字）	
亞▲孤竹罍	《集成》9793	殷	亞▲孤竹（4字）	孤竹二字原無釋
亞矣▲婦罍	《集成》9794	殷	亞矣▲婦（4字）	▲原作玄。矣古疑字
豢馬父乙罍（2器）	《集成》9796、9797	殷	豢馬父乙（4字）	9797傳出殷墟
子天父丁罍	《集成》9798	殷	子天父丁（4字）	
▲子父丁罍	《集成》9799	殷	▲子父丁（4字）	
▲且辛罍	《集成》9806	殷	虞且辛禹▲（5字）	▲古虞字。1957年出山東長清
羧父丁罍	《集成》9807	殷	亞高羧父丁（5字）	
▲父己罍	《集成》9812	殷	▲乍父己尊彝（6字）	
者妘罍（2器）	《集成》9818、9819	殷	亞醜者妘以大子尊彝（9字，器蓋同銘）	醜或釋醜
婦▲罍蓋	《集成》9820	殷	婦▲乍文姑日癸陣彝虞（10字）	虞古作▲
王罍	《集成》9821	武乙	王由攸田▲乍父丁陣瀼（10字，原作11字）	
乃孫罍	《集成》9823	殷	乃孫▲尸乍且甲罍其▲旅徝小貝其乍弗▲（18字，原作17字）	
美方彝	《集成》9828	殷	美（1字）	原無釋
徯方彝	《集成》9829	殷	徯（1字）	
幷方彝	《集成》9830	殷	竝（1字）	

器名及數量	出　　　　處	時　代	釋文及字數	備　　註
又方彝	《集成》9831	殷	又（1字）	
聿方彝	《集成》9832	殷	聿（1字，器蓋同銘）	傳出安陽
史方彝	《集成》9833	殷	史（1字）	
目方彝	《集成》9834	殷	目（1字）	
耳方彝	《集成》9835	殷	耳（1字，器蓋同銘）	
鳶方彝	《集成》9836	殷	鳶（1字）	
鼎方彝	《集成》9837	殷	鼎（1字）	
車方彝	《集成》9838	殷	車（1字）	
扨方彝	《集成》9839	殷	扨（1字）	
戈方彝（2器）	《集成》9840、9841	殷	戈（1字）	9841 器蓋同銘
▨方彝	《集成》9843	殷	▨（1字）	
丙叀方彝	《集成》9844	殷	丙叀（2字）	原無釋，作1字
亞矣方彝	《集成》9845	殷	亞矣（2字，器蓋同銘）	矣古疑字
亞舟方彝	《集成》9846	殷	亞舟（2字）	
亞啓方彝	《集成》9847	武丁～	亞啓（2字）	1976年出婦好墓
亞醜方彝（3器）	《集成》9848～9850	殷	亞醜（2字）	醜或釋醜。9848 器蓋同銘
亞獸方彝	《集成》9851	殷	亞🦎（2字）	🦎殆兔字
亞義方彝	《集成》9852	殷	亞義（2字）	
亞又方彝	《集成》9853	殷	亞又（2字）	
亞屰方彝	《集成》9854	殷	亞屰（2字）	傳出安陽
冉屰方彝	《集成》9855	殷	冉屰（2字）	
鄉宁方彝（3器）	《集成》9856～9858	殷	卿宁（2字）	鄉宜作卿。9856 傳出河南殷墓。9858 器蓋同銘
角丙方彝	《集成》9860	殷	角丙（2字）	丙字原無釋
婦好方彝（4器）	《集成》9861～9864	武丁～	婦好（2字）	1976年出婦好墓

器名及數量	出　　處	時代	釋文及字數	備　註
𡦗父庚方彝	《集成》9867	殷	𡦗父庚（3字）	𡦗字原未隸定
北單戈方彝	《集成》9868	殷	北單戈（3字）	
♀🐚耒方彝	《集成》9869	殷	♀🐚耒（3字）	耒字原無釋
子𠂤圖方彝	《集成》9870	殷	子𠂤圖（3字）	
聑日父乙方彝	《集成》9871	殷	聑日父乙（4字）	
豪馬父丁方彝	《集成》9872	殷	豪馬父丁（4字）	
母𡴴帚方彝	《集成》9873	殷	母𡴴帚（4字，器蓋同銘）	𡴴字原未隸定
𢁇癸乙🏠方彝	《集成》9874	殷	𢁇癸乙🏠（4字）	
冊𣊪且癸方彝	《集成》9877	殷	冊𣊪乍彝且癸（6字）	
竹壺父戊方彝（2器）	《集成》9878、9879	殷	竹壺父戊告永（6字）	
🏺🍃方彝	《集成》9883	殷	🏺🍃金乍父己障彝（8字）	1922年出湖南桃源
亞若癸方彝（2器）	《集成》9886、9887	殷	亞受斿丁若癸𠂤乙止乙（9字，原作10字）	
御父癸方彝蓋	《集成》9890	殷	癸未王才圄蘿京王賞御貝用乍父癸寶障（17字）	御字原無釋
戍鈴方彝	《集成》9894	殷	己酉戍鈴障𥅀于召素膚淅九律淅商貝十朋丙🦬用壺祊宗彝才九月隹王十祀𠂤日五隹來束（37字，合文1）	

器名及數量	出　處	時代	釋文及字數	備　註
子勺	《集成》9902	殷	子（1字）	傳出安陽大司空村
𣪊勺	《集成》9903	殷	𣪊（1字）	
又勺	《集成》9904	殷	又（1字）	出安陽西北崗
鳶勺	《集成》9905	殷	鳶（1字）	
𠂤勺	《集成》9906	殷	𠂤（1字）	
⊞勺	《集成》9907	殷	⊞（1字）	
日日勺	《集成》9908	殷	日日（1字）	
𢆶勺	《集成》9909	殷	𢆶（1字）	原作2字，未隸定
亞屰勺	《集成》9910	殷	亞屰（2字）	
亞舟勺	《集成》9911	殷	亞舟（2字）	
亞其勺	《集成》9912	殷	亞其（2字）	
聑日勺	《集成》9913	殷	聑日（2字）	
龏子勺	《集成》9914	殷	龏子（2字）	
晝弘勺	《集成》9915	殷	晝弘（2字）	
婦好勺（8器）	《集成》9916～9923	武丁～	婦好（2字）	1976年出婦好墓
𤇭瓿	《集成》9941	殷	𤇭（1字）	
卬瓿	《集成》9942	殷	卬（1字）	原無隸定。1969～77出殷墟
矣瓿	《集成》9943	殷	矣（1字）	
車瓿	《集成》9944	殷	車（1字）	
㕚瓿	《集成》9945	殷	㕚（1字）	
戈瓿	《集成》9946	殷	戈（1字）	
腐瓿	《集成》9947	殷	腐（1字）	1973年出陝西岐山
亞矣瓿	《集成》9948	殷	亞矣（2字）	矣古疑字。傳出安陽西北崗
卩興瓿	《集成》9949	殷	卩興（2字）	卩字原無釋
戈即瓿	《集成》9950	殷	戈即（2字）	1967～77年出殷墟。即字原無隸定

器名及數量	出　　處	時　代	釋文及字數	備　註
弔龜瓿	《集成》9951	殷	弔龜（2字）	弔字原無釋
婦好瓿（2器）	《集成》9952、9953	武丁～	婦好（2字）	1975年出婦好墓
癸𢆶瓿	《集成》9954	殷	癸𢆶（2字）	
羑又瓿	《集成》9955	殷	羑又（2字）	
亞美🔒瓿	《集成》9956	殷	亞美🔒（3字）	美字原無釋。🔒或作言
丩丗父戊瓿	《集成》9957	殷	丩丗父戊（3字）	丩丗二字原無釋
亞車邑瓿	《集成》9958	殷	亞車邑（3字）	
共罐	《集成》9983	殷	共（1字）	出殷墟
亞矣罐	《集成》9984	殷	亞矣（2字）	
婦好罐	《集成》9985	武丁～	婦好（2字）	1976年出婦好墓
車盤	《集成》10009	殷	車（1字）	
⊕盤	《集成》10010	殷	⊕（1字）	
🔸盤	《集成》10011	殷	🔸（1字）	
荀盤	《集成》10012	殷	荀（1字）	荀古箙字
𡿺盤	《集成》10013	殷	𡿺（1字）	𡿺字原未隸定
丩盤	《集成》10014	殷	丩（1字）	傳出安陽。原摹有誤
⌂盤	《集成》10015	殷	⌂（1字）	
𠦍盤	《集成》10016	殷	八一六（3字，原作1字）	原無釋
舟盤	《集成》10017	殷	舟（1字）	傳出安陽
亞矣盤（3器）	《集成》10021～10023	殷	亞矣（2字）	矣古疑字。10023傳出安陽
父甲盤	《集成》10024	殷	父甲（2字）	
丁冉盤	《集成》10026	殷	丁冉（2字，內外底同銘）	
子刀盤	《集成》10027	殷	子刀（2字）	
婦好盤	《集成》10028	武丁～	婦好（2字）	1976年出婦好墓

器名及數量	出　　處	時代	釋文及字數	備　註
帚妣盤	《集成》10029	殷	帚妣（2字）	
鼓帚盤	《集成》10031	殷	鼓帚（2字）	出殷墟
◇爻盤	《集成》10032	殷	◇爻（2字）	
伞旅盤	《集成》10033	殷	伞旅（2字）	伞字原未釋
乂𬮿盤	《集成》10034	殷	乂𬮿（2字）	乂字原未釋
舺舌盤	《集成》10035	殷	舺舌（2字）	
嬰父乙盤	《集成》10039	殷	嬰父乙（3字）	嬰字原未釋
黿父乙盤	《集成》10040	殷	黿父乙（3字）	黿原作龜
弻父丁盤	《集成》10041	殷	弻父丁（3字）	弻原作赫
🐚父戊盤	《集成》10042	殷	🐚父戊（3字）	
鳥父辛盤	《集成》10044	殷	鳥父辛（3字）	
韋典炘盤	《集成》10046	殷	韋典炘（3字）	韋字從四止，原無釋
北單戈盤	《集成》10047	殷	北單戈（3字）	
豆冊父丁盤	《集成》10051	殷	豆冊父丁（4字）	
隊女射鑑	《集成》10286	殷	隊女射（3字）	隊字原無隸定
🐚盂	《集成》10300	殷	🐚（1字）	
好盂	《集成》10301	武丁～	好（1字）	1976年出婦好墓
帚小室盂	《集成》10302	殷	帚小室（3字）	出安陽西北崗
伞旅筒形器	《集成》10343	殷	伞旅（2字）	伞字原無釋
亞矣卵形器	《集成》10344	殷	亞矣（2字）	矣古疑字。傳出安陽西北崗
司母辛方形器	《集成》10345	祖庚祖甲	后母辛（3字）	司字宜作后。1976年出婦好墓
司母竽器蓋	《集成》10346	祖庚祖甲	后母竽（3字）	司字宜作后。1936年出殷墟
王作𡥏弄器蓋	《集成》10347	殷	王乍𡥏弄（4字）	1975年出殷墟
史箕	《集成》10392	殷	史（1字）	
亞矣箕	《集成》10393	殷	亞矣（2字）	矣古疑字

器名及數量	出　　　處	時　代	釋文及字數	備　　註
婦好箕	《集成》10394	武丁～	婦好（2字）	1976年出婦好墓
韋冊𣄰箕	《集成》10395	殷	韋冊𣄰（3字）	韋字从四止，原無釋
亞辛共殘銅片	《集成》10476	殷	亞辛共覃乙（5字）	1969～77出殷墟
𤞤器	《集成》10480	殷	𤞤（1字）	
妥器	《集成》10481	殷	妥（1字）	
弔器	《集成》10482	殷	弔（1字）	弔字原作叔
豪器	《集成》10483	殷	豪（1字）	
羊器	《集成》10484	殷	羊（1字）	
漁器	《集成》10485	殷	漁（1字）	原篆从魚从丗
龍器	《集成》10486	殷	龍（1字）	
斿器	《集成》10487	殷	斿（1字）	
衒器	《集成》10488	殷	衒（1字）	
戈器	《集成》10489	殷	戈（1字）	
杚器	《集成》10490	殷	杚（1字）	
⛓器	《集成》10491	殷	⛓（1字）	
↑器	《集成》10492	殷	↑（1字）	
霝器	《集成》10493	殷	霝（1字）	
⚡器	《集成》10494	殷	⚡（1字）	
㘽器	《集成》10495	殷	㘽（1字）	
⚱器	《集成》10496	殷	⚱（1字）	
亞醜器	《集成》10497	殷	亞醜（2字）	醜或釋醜
亞弜器	《集成》10498	殷	亞弜（2字）	
父辛器	《集成》10499	殷	父辛（2字）	
父辛器	《集成》10500	殷	父辛（2字）	
鄉宁器	《集成》10502	殷	卿宁（2字）	鄉字宜作卿
鄉宁器	《集成》10503	殷	卿宁（2字）	鄉字宜作卿

器名及數量	出　　處	時　代	釋文及字數	備　註
疒器	《集成》10504	殷	疒（2字）	疒字原無釋
叉宁器	《集成》10505	殷	叉宁（2字）	原無釋
叉宁器	《集成》10506	殷	叉宁（2字）	原無釋
聑嚚器	《集成》10507	殷	聑嚚（2字）	
尹舟器	《集成》10508	殷	尹舟（2字）	
乙戈器	《集成》10509	殷	乙戈（2字）	傳出河南洛陽
戈丗器	《集成》10510	殷	戈丗（2字）	
羊器	《集成》10511	殷	羊（2字）	
辛器	《集成》10512	殷	辛（2字）	
子器	《集成》10513	殷	子（2字）	
子㚖器	《集成》10514	殷	子㚖（2字）	
韋子器	《集成》10515	殷	韋子（2字）	韋字从四止，原無釋
父乙器	《集成》10516	殷	父乙（3字）	原作
父乙器	《集成》10517	殷	父乙（3字）	
子父丁器	《集成》10518	殷	子父丁（3字）	
父丁器	《集成》10519	殷	父丁（3字）	
虞父丁器	《集成》10520	殷	虞父丁（3字）	虞字古作
亞父辛器	《集成》10521	殷	亞父辛（3字）	
家父辛器	《集成》10522	殷	家父辛（3字）	
□父辛器	《集成》10523	殷	□父辛（3字）	
父癸器	《集成》10524	殷	父癸（3字）	
冊嗇器	《集成》10526	殷	冊嗇（3字）	
嗇父乙器	《集成》10532	殷	嗇父乙（4字）	次字原無釋
亞父丁器	《集成》10535	殷	亞父丁（4字）	"說明"作4字，"圖版"作5字：亞鳥干父丁
田告父丁器	《集成》10536	殷	田告父丁（4字）	

器名及數量	出　　處	時　代	釋文及字數	備　註
康丁器	《集成》10537	殷	母🝈康丁(4字)	
其疾亞矣父己器	《集成》10559	殷	其疾亞矣父己（4字）	
女母作婦己器	《集成》10562	殷	女母乍婦己彝（6字）	傳出陝西鳳翔
作父戊器	《集成》10570	殷	乍父戊彝亞🝈冊（7字）	🝈似正字繁構
🝈戈（37器）	《集成》10591～10627	殷	🝈（1字）	10604～10610、10623 出安陽侯家莊；10611 解放前出安陽小屯；10615 于 1967～77 年出殷墟；10616 于 1975 年出山西石樓；10624～10626 傳 1934 年前出安陽
天戈（4器）	《集成》10628～10631	殷	天（1字）	10628 于 1973～76 年出山西長子
屰戈（3器）	《集成》10632～10635	殷	屰（1字）	10632 出安陽
亦戈（2器）	《集成》10635、10636	殷	亦（1字）	原無釋
交戈	《集成》10637	殷	交（1字）	原無釋
乘戈	《集成》10638	殷	乘（1字）	出陝西，原無釋
立戈	《集成》10639	殷	立（1字）	出安陽
🝈戈	《集成》10640	殷	🝈（1字）	出安陽
🝈戈	《集成》10641	殷	🝈（1字）	
🝈戈	《集成》10642	殷	🝈（1字）	1969 年出山西石樓
🝈戈	《集成》10643	殷	🝈（1字）	1954 年出河北邢臺

器名及數量	出　　處	時 代	釋文及字數	備　註
[illegible]戈	《集成》10644	殷	[illegible]（1 字）	
[illegible]戈	《集成》10645	殷	[illegible]（1 字）	傳出安陽大司空村
斿[illegible]戈	《集成》10646	殷	斿[illegible]（2 字）	原作 1 字
[illegible]戈（2 器）	《集成》10647、10648	殷	[illegible]（1 字）	[illegible]字古作[illegible]。10647 出安陽
[illegible]戈（2 器）	《集成》10649、10650	殷	[illegible]（1 字）	原無隸定
[illegible]戈	《集成》10651	殷	[illegible]（1 字）	
[illegible]戈	《集成》10652	殷	[illegible]（1 字）	
斿戈	《集成》10653	殷	斿（1 字）	
[illegible]戈	《集成》10654	殷	[illegible]（1 字）	[illegible]原作[illegible]
豙戈	《集成》10655	殷	豙（1 字）	
[illegible]戈（9 器）	《集成》10656～10664	殷	[illegible]（1 字）	10656 于 1934 年出安陽
臣戈（3 器）	《集成》10665～10667	殷	臣（1 字）	10666 于 1978 年出河南中牟；10667 于 1972 年出陝西岐山
望戈	《集成》10668	殷	望（1 字）	原無釋
[illegible]戈	《集成》10669	殷	[illegible]（1 字）	
[illegible]戈	《集成》10670	殷	[illegible]（1 字）	
耳戈（2 器）	《集成》10671～10672	殷	耳（1 字）	
[illegible]戈（5 器）	《集成》10673～10677	殷	[illegible]（1 字）	
[illegible]戈	《集成》10678	殷	[illegible]（1 字）	
豖戈	《集成》10679	殷	豖（1 字）	
[illegible]戈	《集成》10680	殷	[illegible]（1 字）	原無隸定
[illegible]戈	《集成》10681	殷	[illegible]（1 字）	原無隸定

器名及數量	出　處	時　代	釋文及字數	備　註
〔圖〕戈	《集成》10682	殷	〔圖〕（1字）	
〔圖〕戈	《集成》10683	殷	〔圖〕（1字）	
爰戈	《集成》10684	殷	爰（1字）	1943年出安陽
〔圖〕戈	《集成》10685	殷	〔圖〕（1字）	
〔圖〕戈	《集成》10686	殷	〔圖〕（1字）	
守戈	《集成》10687	殷	守（1字）	原無釋
〔圖〕戈	《集成》10688	殷	〔圖〕（1字）	
正戈	《集成》10689	殷	正（1字）	
韋戈	《集成》10690	殷	韋（1字）	原篆从口从四止
〔圖〕戈	《集成》10691	殷	〔圖〕（1字）	
〔圖〕戈	《集成》10692	殷	〔圖〕（1字）	
子戈（4器）	《集成》10693～10696	殷	子（1字）	10696傳出安陽
萬戈（5器）	《集成》10697～10701	殷	萬（1字）	10697 傳出安陽大司空村；10700出安陽
弔戈（5器）	《集成》10702～10706	殷	弔（1字）	10702、10704出安陽
岕戈（3器）	《集成》10707～10709	殷	岕（1字）	原無釋
〔圖〕戈	《集成》10710	殷	〔圖〕（1字）	1975年出山西石樓
鳥戈	《集成》10711	殷	鳥（1字）	
夔戈	《集成》10712	殷	夔（1字）	原無釋，或作夔
羊戈	《集成》10713	殷	羊（1字）	1939年出安陽
丮戈（2器）	《集成》10714、0715	殷	丮（1字）	10714 于1969～77年出殷墟
宁戈	《集成》10716	殷	宁（1字）	
〔圖〕戈	《集成》10717	殷	〔圖〕（1字）	

器名及數量	出　　處	時　代	釋文及字數	備　註
⊠戈	《集成》10718	殷	⊠（1字）	
⊠戈	《集成》10719	殷	⊠（1字）	
貯戈	《集成》10720	殷	貯（1字）	1979～80年出河南羅山
肅戈	《集成》10721	殷	肅（1字）	1940年出安陽
圓戈	《集成》10722	殷	圓（1字）	原無隸定
息戈（2器）	《集成》10723、70724	殷	息（1字）	1979～80年出河南羅山。當四（泗）本字
兮戈	《集成》10725	殷	兮（1字）	原無釋
⊠戈	《集成》10726	殷	⊠（1字）	
州戈	《集成》10727	殷	州（1字）	出安陽
筍戈	《集成》10728	殷	筍（1字）	筍古箙字
戈戈（5器）	《集成》10729～10733	殷	戈（1字）	
我戈（3器）	《集成》10735～10737	殷	我（1字）	原無釋
田戈（3器）	《集成》10738～10740	殷	田（1字）	10738～10739出安陽
⊠戈（3器）	《集成》10741～10743	殷	⊠（1字）	10743于1975年出山西石樓
⊠戈	《集成》10744	殷	⊠（1字）	
墉戈	《集成》10745	殷	墉（1字）	
⊠戈	《集成》10746	殷	⊠（1字）	
舟戈（2器）	《集成》10747、10748	殷	舟（1字）	10748于1950年出安陽武官村
⊠戈	《集成》10749	殷	⊠（1字）	
⊠戈（3器）	《集成》10750～10752	殷	⊠（1字）	10752出安陽
⊠戈（2器）	《集成》10753、10754	殷	⊠（1字）	

器名及數量	出　　處	時　代	釋文及字數	備　註
敔戈（3器）	《集成》10755～10757	殷	敔（1字）	10756 于 1950 年出安陽武官村
瓹戈	《集成》10758	殷	瓹（1字）	
🌿戈（3器）	《集成》10759～10761	殷	🌿（1字）	
未戈	《集成》10762	殷	未（1字）	
聿戈	《集成》10763	殷	聿（1字）	
秉戈	《集成》10764	殷	秉（1字）	
冊戈（2器）	《集成》10765、10766	殷	冊（1字）	10765 于 1939 年出安陽
ⅢⅣ戈	《集成》10767	殷	ⅢⅣ（1字）	
🔱戈	《集成》10768	殷	🔱（1字）	
🔲戈	《集成》10769	殷	🔲（1字）	
🔯戈	《集成》10770	殷	🔯（1字）	出安陽
日戈（2器）	《集成》10771、10772	殷	日（1字）	10772 出西安
矢戈	《集成》10773	殷	矢（1字）	
🔱戈	《集成》10774	殷	🔱（1字）	1977 年出湖北隨縣
冀戈	《集成》10775	殷	冀（1字）	出甘肅崇信
🌱戈	《集成》10776	殷	🌱（1字）	出安陽
🔰戈	《集成》10777	殷	🔰（1字）	
仚戈	《集成》10778	殷	仚（1字）	
中戈	《集成》10779	殷	中（1字）	
史戈	《集成》10780	殷	史（1字）	
亞矣戈（7器）	《集成》10830～10836	殷	亞矣（2字）	矣古疑字。10831 于 1939 年安陽；10833 于 1940 年出安陽
亞棐戈	《集成》10837	殷	亞棐（2字）	棐字原無釋。出安陽

器名及數量	出　　處	時　代	釋文及字數	備　註
亞佣戈	《集成》10838	殷	亞佣（2字）	佣字原無釋。1939年出安陽
亞㝫戈	《集成》10839	殷	亞㝫（2字）	㝫或釋醜
亞犬戈	《集成》10840	殷	亞犬（2字）	
亞獸戈	《集成》10841	殷	亞🦌（2字）	
攀亞戈	《集成》10842	殷	攀亞（2字）	
亞受戈	《集成》10843	殷	亞受（2字）	
亞🕺戈	《集成》10844	殷	亞🕺（2字）	1965〜66年出山東益都
亞啓戈	《集成》10845	殷	亞啓（2字）	出安陽
木🔲戈	《集成》10846	殷	木🔲（2字）	或作柲一字
亦索戈	《集成》10847	殷	亦索（2字）	出河南寶豐。原無釋
🕺戈	《集成》10848	殷	🕺（2字）	1939年出安陽
🕺戈	《集成》10849	殷	🕺（2字）	1939年出安陽
🕺天戈	《集成》10850	殷	🕺天（2字）	
竝开戈	《集成》10851	殷	竝开（2字）	1970年出山西石樓
子嶠戈	《集成》10852	殷	子嶠（2字）	嶠字原無隸定
子示戈（2器）	《集成》10853、10854	殷	子示（2字）	10853 出安陽。示字原無釋
子🏃戈	《集成》10855	殷	子🏃（2字）	
己戈戈	《集成》10856	殷	己戈（2字）	出安陽四盤磨
馬戈戈（2器）	《集成》10857、10858	殷	馬戈（2字）	原缺戈字
告戈戈	《集成》10859	殷	告戈（2字）	原缺戈字
卍虎戈	《集成》10860	殷	卍虎（2字）	出安陽
鷄🪱戈	《集成》10861	殷	鷄🪱（2字）	鷄字原無釋，或作崱。🪱或作串

器名及數量	出　　　處	時　代	釋文及字數	備　　註
弔龜戈	《集成》10862	殷	弔龜（2字）	
亦車戈（2器）	《集成》10863、10865	殷	亦車（2字）	1939年出安陽
車敇戈	《集成》10866	殷	車敇（2字）	
𠦪合戈	《集成》10867	殷	𠦪合（2字）	
來冊戈	《集成》10868	殷	來冊（2字）	1933年前出土
聑酉戈	《集成》10869	殷	聑酉（2字）	
秉冊戈	《集成》10870	殷	秉冊（2字）	
聑冊戈	《集成》10871	殷	聑冊（2字）	
伐矗戈（2器）	《集成》10872、10873	殷	伐矗（2字）	10873出安陽
左右戈	《集成》10874	殷	左右（2字）	
史冊戈	《集成》10875	殷	史冊（2字）	
亳冊戈	《集成》10876	殷	亳冊（2字）	
∃𠂤⊢戈	《集成》10877	殷	∃𠂤⊢（2字）	
舟弓戈	《集成》10878	殷	舟弓（2字）	
鼎柰戈	《集成》10879	殷	鼎柰（2字）	柰原作劜
酉✕戈	《集成》10880	殷	酉✕（2字）	出安陽
冬刃戈	《集成》10881	殷	冬刃（2字）	或作亡冬（亡終）1965年出陝西綏德
羒亞又戈（6器）	《集成》10946～10951	殷	羒亞又（3字）	
嗇見冊戈	《集成》10952	殷	嗇見冊（3字）	
亞啓戈	《集成》11010	殷	亞□啓♦（4字）	次字似父字
亞若癸戈	《集成》11114	殷	亞若癸亞游乙（6字，又重文1）	
且乙戈	《集成》11115	殷	且乙且己且丁（6字）	

器名及數量	出　　處	時　代	釋文及字數	備　註
大兄日乙戈	《集成》11392	殷	大兄日乙兄日戊兄日壬兄日癸兄日癸兄日丙（19字）	出易州或云出保定
大且日己戈	《集成》11401	殷	大且日己且日丁且日乙且日庚且日丁且日己且日己（22）	出易州或云出保定
且日乙戈	《集成》11403	殷	且日乙大父日癸大父日癸中父日癸父日癸父日辛父日己（24字）	出易州或云出保定
人矛	《集成》11411	殷	人（1字）	
廣矛	《集成》11413	殷	廣（1字）	𡕢古廣字，省片。傳出河南。
李矛（9器）	《集成》11414～11422	殷	李（1字）	李或釋夸。11419～11420 于 1934 年前出安陽
交矛	《集成》11423	殷	交（1字）	1969～77 年出殷墟
息矛	《集成》11425	殷	息（1字）	1979～80 年出河南羅山。息字當作四（泗）
囟矛	《集成》11426	殷	囟（1字）	1985 年出山西靈石
亞矣矛（5器）	《集成》11433～11437	殷	亞矣（2字）	矣古疑字
亞醜矛（6器）	《集成》11438～11443	殷	亞醜（2字）	醜或釋醜。11438 出山東益都；其餘亦于 1930 年出同一地
亞㝛矛	《集成》11444	殷	亞㝛（2字）	
北單矛（2器）	《集成》11445～11446	殷	北單（2字）	

器名及數量	出　　　處	時　代	釋文及字數	備　註
亦車矛	《集成》11447～11448	殷	亦車（2字）	11447 于 1939 年出安陽
倗舟矛	《集成》11449	殷	倗舟（2字）	傳出安陽
辛邑矛	《集成》11486	殷	辛邑陝（3字）	1975 年出陝西渭南
羑鉞	《集成》11720	殷	羑（1字）	羑古羑字。出安陽
何鉞（2器）	《集成》11721、11722	殷	何（1字）	11721 出安陽
伐鉞	《集成》11723	殷	伐（1字）	
皇鉞	《集成》11724	殷	皇（1字）	
宔鉞	《集成》11725	殷	宔（1字）	宔字或作貯
兮鉞	《集成》11726	殷	兮（1字）	
韋鉞	《集成》11727	殷	韋（1字）	从四止，原無釋
正鉞	《集成》11728	殷	正（1字）	
戈鉞	《集成》11729	殷	戈（1字）	
攸鉞	《集成》11730	殷	攸（1字，又重文1）	原無釋
羞鉞	《集成》11731	殷	羞（1字）	
鄉鉞	《集成》11732	殷	卿（1字）	鄉字宜作卿。1965 年出陝西綏德
牟鉞	《集成》11733	殷	牟（1字）	
冊鉞	《集成》11734	殷	冊（1字）	傳 1940 年出安陽
田鉞	《集成》11735	殷	田（1字）	傳 1941 年出安陽
家鉞	《集成》11736	殷	家（1字）	
甗鉞	《集成》11737	殷	甗（1字）	
寅鉞	《集成》11738	殷	寅（1字）	
婦好鉞（2器）	《集成》11739～11740	武丁～	婦好（2字）	1976 年出婦好墓

器名及數量	出　　處	時代	釋文及字數	備　註
司娉鉞	《集成》11741	祖庚祖甲	后母辛（3字）	原作司娉二字
亞啓鉞	《集成》11742	武丁～	亞啓（2字）	1976年出婦好墓
亞醜鉞	《集成》11743	殷	亞醜（2字）	醜或釋醜。1965～66年出山東益都
亞矣鉞（3器）	《集成》11744～11746	殷	亞矣（2字）	矣古疑字
亞父鉞（3器）	《集成》11747～11749	殷	亞父（2字）	
冊父鉞	《集成》11750	殷	冊父（2字）	
鼻子鉞	《集成》11751	殷	鼻子（2字，兩面同銘）	
子示鉞	《集成》11752	殷	子示（2字，兩面同銘）	示字倒文
伐虪鉞	《集成》11753	殷	伐虪（2字）	
山鉞	《集成》11754	殷	山▮（2字，正反面同銘）	
棶廿鉞	《集成》11755	殷	棶廿（2字）	棶原作劦
堯父乙鉞	《集成》11756	殷	堯父乙（3字）	堯原作奡
庚斧	《集成》11759	殷	庚（1字）	
矣斧（2器）	《集成》11762～11763	殷	矣（1字）	矣古疑字
尒斧（2器）	《集成》11764～11765	殷	尒（1字）	
征斧	《集成》11766	殷	征（1字）	傳出安陽
丑斧	《集成》11767	殷	丑（1字）	
↑斧	《集成》11770	殷	↑（1字）	
↓斧	《集成》11771	殷	↓（1字）	
亞矣斧（2器）	《集成》11775～11776	殷	亞矣（2字）	

器名及數量	出　　處	時代	釋文及字數	備　註
亞䚦斧	《集成》11777	殷	亞䚦（2字）	䚦或釋醜
中屮斧	《集成》11780	殷	中屮（2字）	屮原作草
弔龜斧（2器）	《集成》11781～11782	殷	弔龜（2字，正反面同銘）	傳出安陽
妖虎斧	《集成》11783	殷	妖虎（2字）	傳出安陽大司空村
子鏟	《集成》11789	殷	子（1字）	
共鏟	《集成》11790	殷	共（1字）	原無釋。1969～77年出殷墟
己鏟（2器）	《集成》11791、11792	殷	己（1字）	1983年出山東壽光
何鏟	《集成》11793	殷	何（1字）	
亞矣鏟	《集成》11794	殷	亞矣（2字）	1939年出安陽
亞䚦鏟（2器）	《集成》11796、11797	殷	亞䚦（2字）	䚦或釋醜。11797于1965～66年出山東益都
戈鑿	《集成》11798	殷	戈（1字）	
亞矣鑿	《集成》11801	殷	亞矣（2字）	矣古疑字
𢀛刀	《集成》11803	殷	𢀛（1字）	出安陽
豕刀	《集成》11804	殷	豕（1字）	
羍刀	《集成》11805	殷	羍（1字）	
宁刀	《集成》11806	殷	宁（1字）	
𤉬刀	《集成》11807	殷	𤉬（1字）	題作2字。1957年出山東長清
己刀	《集成》11808	殷	己（1字）	1983年出山東壽光
亞弜刀	《集成》11810	殷	亞弜（2字）	
亞弜刀	《集成》11811	殷	亞弜冒（3字）	
亞矣刀	《集成》11813	殷	亞矣（2字）	矣古疑字
↑鐮	《集成》11823	殷	↑（1字）	1954年出濟南

器名及數量	出　　　處	時　代	釋文及字數	備　註
豙鑵	《集成》11828	殷	豙（1字）	
亞矣耜	《集成》11831	殷	亞矣（2字）	矣古疑字。傳出安陽
亞矣銅泡（2器）	《集成》11852、11853	殷	亞矣（2字）	矣古疑字。傳出安陽
先弓形器	《集成》11866	殷	先（1字，又重文1）	
𠂤弓形器	《集成》11867	殷	𠂤（1字，又重文1）	
罘弓形器	《集成》11868	殷	罘（1字）	
鼻盃弓形器	《集成》11869	殷	鼻（1字）	鼻原作𩠐
盃弓形器	《集成》11870	殷	盃（1字）	傳出安陽。盃字原作盂
析弓形器	《集成》11871	殷	析（1字）	
攀亞弓形器（2器）	《集成》11872、11873	殷	攀亞（2字，又重文2。原作1字）	
甲胄（3器）	《集成》11874～11876	殷	甲（1字）	出安陽侯家莊
正胄	《集成》11877	殷	正（1字）	出安陽侯家莊
鼎胄	《集成》11878	殷	鼎（1字）	出安陽侯家莊
加胄	《集成》11879	殷	加（1字）	出安陽侯家莊
合胄（5器）	《集成》11880～11884	殷	合（1字）	出安陽侯家莊
貯胄（2器）	《集成》11885、11886	殷	貯（1字）	出安陽侯家莊
𣥺胄	《集成》11887	殷	𣥺（1字）	出安陽侯家莊
囟胄	《集成》11888	殷	囟（1字）	出安陽侯家莊
旋胄	《集成》11889	殷	旋（1字）	出安陽侯家莊
舟胄	《集成》11890	殷	舟（1字）	出安陽侯家莊
卜胄	《集成》11891	殷	卜（1字）	出安陽侯家莊
↑胄	《集成》11892	殷	↑（1字）	出安陽侯家莊

器名及數量	出　處	時　代	釋文及字數	備　註
一冑	《集成》11893	殷	一（1字）	出安陽侯家莊
二冑	《集成》11894	殷	二（1字）	出安陽侯家莊
五冑（4器）	《集成》11895～11898	殷	五（1字）	出安陽侯家莊
八冑	《集成》11899	殷	八（1字）	出安陽侯家莊
鼻鐓	《集成》11903	殷	鼻（1字）	
𡄼干首	《集成》11912	殷	𡄼（1字）	
乂干首	《集成》11913	殷	乂（1字）	
車車飾	《集成》12000	殷	車（1字）	
𠔉車飾	《集成》12003	殷	𠔉（1字）	
冊𠔉車飾	《集成》12017	殷	冊𠔉（2字）	
天馬鸞鈴	《集成》12064	殷	天（1字）	原無釋
古鐃	《近出》110	商後	⼬（1字）	出安陽大司空村
爰鐃（3器）	《近出》111～113	商後	爰（1字）	出安陽戚家莊
亞𡨄止鐃	《近出》116	商後	亞𡨄止中（4字）	出安陽郭家莊
叔父癸鬲	《近出》120	商後	弔父癸（3字）	出山東新泰
共宁ΙΙ鬲	《近出》123	商後	共宁ΙΙ乍父辛（6字）	出山東新泰
妻甗	《近出》148	商後	𢍺（1字）	似非妻字。出山東壽光
𤮩方鼎	《近出》165	商後	𤮩（1字）	出濟南
妖鼎	《近出》166	商後	妖（1字）	
大鼎	《近出》167	商後	大（1字）	出河南羅山
益鼎	《近出》168	商後	益（1字）	
奞示鼎	《近出》169	商後	奞示（2字）	原作1字，未隸定。
邑鼎	《近出》170	商後	邑（1字）	出山西靈石
免鼎	《近出》171	商後	𧾷（1字）	似非免字
𤰞鼎	《近出》172	商後	𤰞（1字）	

器名及數量	出　　　處	時　代	釋文及字數	備　　註
息鼎（3器）	《近出》173～175	商後	息（1字）	息宜作四（泗）。出河南羅山
舌鼎	《近出》176	商後	舌（1字）	
鼎	《近出》177	商後	（1字）	
共鼎	《近出》178	商後	（1字）	似非共字。出河北薊縣
受鼎	《近出》179	商後	受（1字）	出安陽郭家莊
爰鼎（3器）	《近出》180～182	商後	爰（1字）	出安陽戚家莊
正鼎	《近出》183	商後	（1字）	
隻鼎	《近出》184	商後	隻（1字）	
子鼎	《近出》185	商後	子（1字）	
子鼎	《近出》186	商後	子（1字）	
已鼎	《近出》187	商後	已（2字）	出河南武陟
亞方鼎	《近出》188	商後	亞（1字）	出安陽郭家莊
寵方鼎（2器）	《近出》189、190	商後	寵（1字）	出湖北蘄春
鼎	《近出》192	商後	（1字）	
融方鼎	《近出》193	商後	融（1字）	出山東青州
鼎	《近出》194	商後	（1字）	出河北武安
卜鼎	《近出》197	商後	卜（1字）	出河北遷安
酋方鼎	《近出》198	商後	酋（1字）	出湖北蘄春
向鼎	《近出》199	商後	向（1字）	出安陽梅園莊
鼎	《近出》200	商後	（1字）	出西安
鼎	《近出》201	商後	（1字）	出山西靈石
鼎	《近出》203	商後	（1字）	
戈乙鼎	《近出》206	商後	戈乙（2字）	出湖北武漢
己並鼎（3器）	《近出》207～209	商後	己竝（2字）	出山東壽光
夾己鼎	《近出》210	商後	夾己（2字）	
辛鼎	《近出》211	商後	辛（2字）	

器名及數量	出　　　處	時　代	釋文及字數	備　註
辛守鼎	《近出》212	商後	辛守（2字）	
子燕方鼎	《近出》213	商後	子🦇（2字）	燕當作蝠。出四川銅梁
亞址鼎（3器）	《近出》214～216	商後	亞址（2字）	出安陽郭家莊
疋未鼎	《近出》218	商後	疋未（2字）	出安陽戚家莊
絴旬鼎	《近出》219	商後	絴旬（2字）	出安陽梯家口
敓象鼎	《近出》220	商後	敓象（2字）	出安陽薛家莊
冊融鼎（2器）	《近出》221、22	商後	冊融（2字）	出山東青州
趕豊方鼎	《近出》223	商後	趕豊（2字）	出安陽
矢宁鼎	《近出》224	商後	矢宁（2字）	
巫囡鼎	《近出》227	商後	巫囡（2字）	出河南正陽
晝祖□鼎	《近出》229	商後	祖□晝（3字）	出西安
息父乙鼎	《近出》230	商後	息父乙（3字）	出河南羅山
邗父丁鼎	《近出》232	商後	邗父丁（3字）	
〜父丁鼎	《近出》233	商後	〜父丁（3字）	
屰父庚鼎	《近出》234	商後	屰父庚（3字）	
息父辛鼎	《近出》235	商後	息父辛（3字）	出河南羅山
虘癸鼎	《近出》236	商後	虘父癸（3字）	虘古虘字。出安陽劉家莊
冀父癸鼎	《近出》237	商後	冀父癸（3字）	出陝西麟遊
弔父癸鼎	《近出》238	商後	弔父癸（3字）	出山東新泰
〼父癸鼎	《近出》239	商後	〼父癸（3字）	
得父癸方鼎	《近出》240	商後	得父癸（3字）	
明亞乙鼎	《近出》241	商後	明亞乙（3字）	
亞寞址方鼎	《近出》245	商後	亞寞址（3字）	出安陽郭家莊
亞寞止鼎（2器）	《近出》246、247	商後	亞寞止（3字）	出安陽郭家莊
作冊兄鼎	《近出》253	商後	作冊兄（2字）	出安陽郭家莊
王子甼鼎	《近出》259	商後	王子甼（3字）	
月㘴祖丁鼎	《近出》262	商後	月㘴祖丁（4字）	出河北永樂

器名及數量	出　　　處	時　代	釋文及字數	備　　註
冊斝父丁鼎	《近出》264	商後	冊斝父丁（4字）	
子父戊子鼎	《近出》265	商後	子父戊子（4字）	
鳥母嬪鼎	《近出》276	商後	鳥母嬪彝（4字）	出安陽郭家莊
⊖父丁鼎	《近出》285	商後	⊖父丁乍彝（5字）	出河南羅山
辛卯羊鼎	《近出》291	商後	辛卯羊眔父丁（6字）	
孟方鼎（2器）	《近出》306、307	商後	孟鼎文帝母日辛尊（8字）	出湖北蘄春
亞魚鼎	《近出》339	商後	壬申王易亞魚貝用乍兄癸隣才六月隹王七祀翌日（21字）	出殷墟
天簋	《近出》365	商後	天（1字）	出河北薊縣
𤔲簋	《近出》366	商後	𤔲（1字）	
見簋	《近出》367	商後	見（1字）	出安陽大司空村
爰簋	《近出》368	商後	爰（1字）	出安陽戚家莊
伊簋	《近出》369	商後	伊（1字）	
殼簋	《近出》370	商後	殼（1字）	
正簋	《近出》371	商後	正（1字）	
正簋	《近出》372	商後	正（1字）	
騾簋	《近出》374	商後	騾（1字）	出山西靈石
融簋	《近出》375	商後	融（1字）	出山東青州
⊕簋	《近出》376	商後	⊕（1字）	
𠂤簋	《近出》377	商後	𠂤（1字）	出山西靈石
𠂤簋	《近出》378	商後	𠂤（1字）	出陝西渭南
𠁥簋	《近出》379	商後	𠁥（1字）	出河北遷安
亞簋	《近出》382	商後	亞（1字）	
戈簋	《近出》383	商後	戈（1字）	
◇簋	《近出》387	商後	◇（1字）	出安陽梅園莊

器名及數量	出　　　處	時　代	釋文及字數	備　註
𡩟旅簋	《近出》389	商後	𡩟旅（2字）	
子父丁簋	《近出》394	商後	子父丁（3字）	
亞褱址簋	《近出》407	商後	亞褱址（3字）	出安陽郭家莊
辰寢出簋	《近出》408	商後	辰帚出（3字）	帚古寢字。出安陽大司空村
月鼎父乙簋	《近出》410	商後	月鼎父乙（4字）	
冊玄父癸簋	《近出》411	商後	冊玄父癸（4字）	
亞獈母辛簋	《近出》412	商後	亞獈母辛（4字）	
鳥嬪簋	《近出》413	商後	隹嬪弄彝（4字）	鳥當作隹。出安陽郭家莊
亞畷父丁鼀簋	《近出》417	商後	亞畷父丁鼀（5字）	
寢魚簋	《近出》454	商後	辛卯王易帚魚貝用乍父丁彝（12字）	出殷墟
虞父癸豆	《近出》540	商後	虞父癸（3字）	虞字古作𧆝
天卣	《近出》544	商後	天（1字）	出河南羅山
虞卣	《近出》545	商後	虞（1字）	虞字古作𧆝
後卣	《近出》546	商後	後（1字）	原隸定略誤
羊卣	《近出》547	商後	羊（1字）	出安陽郭家莊
龜卣	《近出》548	商後	龜（1字）	出河南羅山
融卣	《近出》549	商後	融（1字）	出山東青州
明卣	《近出》550	商後	盖：㘴（1字）器：㘴（1字）	殆非明字。出山西靈石
○卣	《近出》551	商後	○（1字）	或作圓。出陝西麟遊
丹卣	《近出》552	商後	丹（1字）	出安陽
冚卣	《近出》553	商後	冚（1字）	出山西靈石
冚卣	《近出》554	商後	冚（1字）	冚原作冚
亞醜卣	《近出》560	商後	亞醜（2字）	醜或釋醜

器名及數量	出　　　處	時　代	釋文及字數	備　　註
亞址卣	《近出》561	商後	亞址（2字）	出安陽郭家莊
榮鬥卣	《近出》564	商後	炏鬥（2字）	炏古榮字。出山東濰坊
光祖乙卣	《近出》565	商後	光祖乙（3字）	出安陽梅園莊
𓏸父乙卣	《近出》567	商後	𓏸父乙（3字）	出陝西麟遊
Ｙ父辛卣	《近出》573	商後	Ｙ父辛（3字）	出陝西麟遊
从丁癸卣	《近出》575	商後	从丁癸（3字）	
羊日羊卣	《近出》576	商後	羊日羊（3字）	出河北正定
馬豖父丁卣	《近出》579	商後	馬豖父丁（4字）	
剌冊父癸卣	《近出》581	商後	剌冊父癸（4字）	出山東兗州
宁月卣	《近出》593	商後	宁◗乍父癸彝（6字）	◗似非月。出山東章丘
𥄂𓎟卣	《近出》596	商後	𥄂𓎟乍父癸陮彝（7字）	𥄂古籫字
奴尊	《近出》606	商後	奴（1字）	
刻尊	《近出》607	商後	刻（1字）	出山東泗水
融尊	《近出》608	商後	融（1字）	出山東青州
亞址尊	《近出》609	商後	亞址（2字）	出安陽郭家莊
亞址方尊	《近出》610	商後	亞址（2字）	出安陽郭家莊
息尊尊	《近出》613	商後	陮息（2字）	息當作四（泗）。出河南羅山
息斤尊	《近出》614	商後	息斤（2字）	息宜作四（泗）。出河南羅山
豖父丁尊	《近出》616	商後	豖父丁（3字）	
𡊕父己尊	《近出》617	商後	𡊕父己（3字）	出山西靈石
戈父辛尊	《近出》618	商後	戈父辛（3字）	出陝西長安
𠔼父辛尊	《近出》619	商後	𠔼父辛（3字）	
□父癸尊	《近出》620	商後	□父癸（3字）	出陝西麟遊

器名及數量	出　　　處	時　代	釋文及字數	備　　註
天黽御尊	《近出》621	商後	天黽卸（3字）	卸古御字。出湖北漢陽
臣辰𢀩父乙尊	《近出》628	商後	臣辰𢀩父乙（5字）	出陝西禮泉
息觶	《近出》639	商後	息（1字）	息當作四（泗）。出河南羅山
子觶	《近出》640	商後	子（1字）	出安陽戚家莊
戈觶	《近出》641	商後	戈（1字）	出安陽郭家莊
戈觶	《近出》642	商後	戈（1字）	出安陽郭家莊
融觶	《近出》644	商後	融（1字）	出山東青州
𢆷觶	《近出》647	商後	𢆷（1字）	
亞址觶	《近出》648	商後	亞址（2字）	出安陽郭家莊
父癸觶	《近出》649	商後	父癸（2字）	出陝西長安
虫乙觶	《近出》650	商後	虫乙（2字）	西安
亞囊觶	《近出》652	商後	亞囊（2字）	
婦嫙觶	《近出》653	商後	婦嫙（2字）	
匍戉觶	《近出》654	商後	匍戉（2字）	匍古箙字。原作匍鉞
子父辛觶	《近出》661	商後	子父辛（1字）	
虞父癸觶	《近出》663	商後	虞父癸（3字）	虞字古作𢋏。出安陽劉家莊
子工□觶	《近出》665	商後	子工□（3字）	出安陽劉家莊
𠣏冊父丁觶	《近出》668	商後	𠣏冊父丁（4字）	搨本不見𠣏
榮鬥父辛觶	《近出》669	商後	𤇀鬥父辛（4字）	𤇀古榮字。出山東濰坊
婦鳳觶	《近出》671	商後	器：𠬝母鳳（3字）蓋：戉矛𠬝母鳳（5字）	戉矛似爲鳳翎。出安陽高樓莊
天觚	《近出》679	商後	天（1字）	
天觚	《近出》680	商後	天（1字）	

器名及數量	出　　處	時　代	釋文及字數	備　註
妖觚	《近出》681	商後	妖（1字）	出安陽郭家莊
姍觚	《近出》682	商後	姍（1字）	
旅觚	《近出》683	商後	旅（1字）	
佣觚	《近出》684	商後	佣（1字）	當作嬰
佣觚	《近出》685	商後	佣（1字）	當作嬰
印觚	《近出》686	商後	印（1字）	
守觚	《近出》687	商後	守（1字）	
殼觚	《近出》688	商後	殼（1字）	
爰觚（2器）	《近出》689、690	商後	爰（1字）	出安陽戚家莊
正觚	《近出》691	商後	（1字）	
正觚	《近出》692	商後	（1字）	
徙觚	《近出》693	商後	徙（1字）	
念觚	《近出》694	商後	（1字）	
子觚	《近出》695	商後	子（1字）	
団觚	《近出》696	商後	団（1字）	
朕觚	《近出》697	商後	朕（1字）	
羊觚	《近出》698	商後	羊（1字）	出安陽郭家莊
韋觚	《近出》699	商後	韋（1字）	
集觚	《近出》700	商後	集（1字）	
融觚（2器）	《近出》701、702	商後	融（1字）	出山東青州
⻖觚	《近出》703	商後	（1字）	
襄觚	《近出》704	商後	（1字）	
古觚	《近出》705	商後	（1字）	出安陽大司空村
乘觚	《近出》706	商後	乘（1字）	出安陽大司空村
弓觚	《近出》707	商後	弓（1字）	
宁觚	《近出》708	商後	宁（1字）	出安陽劉家莊
戈觚	《近出》709	商後	戈（1字）	

器名及數量	出　　處	時　代	釋文及字數	備　註
戈觚（2 器）	《近出》710、711	商後	戈（1 字）	出河南羅山
囧觚（2 器）	《近出》712、713	商後	囧（1 字）	出山西靈石
祖丁觚	《近出》714	商後	祖丁（2 字）	
亞址觚（10 器）	《近出》717～726	商後	亞址（2 字）	出安陽郭家莊
亞雔觚	《近出》727	商後	亞雔（2 字）	出河南羅山
亞醜觚	《近出》728	商後	亞醜（2 字）	醜或釋醜。出山東青州
亞隻觚	《近出》729	商後	亞隻（2 字）	
亞酉觚	《近出》730	商後	亞酉（2 字）	
子癸觚	《近出》731	商後	子癸（2 字）	
鼻子觚	《近出》732	商後	鼻子（2 字）	
右宁觚	《近出》733	商後	右宁（2 字）	
冊衛觚	《近出》734	商後	冊衛（2 字）	衛當作韋
息尊觚	《近出》735	商後	隩息（2 字）	出河南羅山
息母觚	《近出》736	商後	息母（2 字）	出河南羅山
息乙觚	《近出》737	商後	息乙（2 字）	出河南羅山
奰冊觚	《近出》738	商後	奰冊（2 字）	
徆田觚	《近出》739	商後	徆田（2 字）	出安陽
西單觚	《近出》740	商後	西單（2 字）	出安陽梅園莊
中田觚	《近出》741	商後	中田（2 字）	出安陽後岡
息父丁觚	《近出》742	商後	息父丁（3 字）	出河南羅山
卩父戊觚	《近出》743	商後	卩父戊（3 字）	
旅止廾觚	《近出》744	商後	旅止廾（3 字）	出安陽郭家莊
湅父壬觚	《近出》745	商後	湅父壬（3 字）	
大父癸觚	《近出》746	商後	大父癸（3 字）	
史母癸觚	《近出》747	商後	史母癸（3 字）	出山東泗水
亞豕馬觚	《近出》748	商後	亞豕馬（3 字）	

器名及數量	出　　　處	時　代	釋文及字數	備　註
亞木守觚	《近出》749	商後	亞木守（3字）	
亞干示觚	《近出》750	商後	亞干示（3字）	
羊建父丁觚	《近出》751	商後	羊建父丁（4字）	
八丗父庚觚	《近出》752	商後	八丗父庚（4字）	
共冈父庚觚	《近出》753	商後	共冈父庚（4字）	共字作
子不觚	《近出》756	商後	子不燕何且癸（6字）	
無壽觚	《近出》757	商後	戍宝無壽乍且戊彝（8字）	出山東桓臺
弐爵	《近出》759	商後	弐（1字）	出河南羅山
妖爵	《近出》760	商後	妖（1字）	
企爵	《近出》762	商後	企（1字）	
卯爵	《近出》763	商後	卯（1字）	
杏爵	《近出》764	商後	杏（1字）	
旅爵	《近出》765	商後	旅（1字）	
涉爵	《近出》769	商後	涉（1字）	出河南羅山
象爵	《近出》771	商後	象（1字）	出安陽薛家莊
融爵	《近出》772	商後	融（1字）	出山東青州
釆爵	《近出》773	商後	釆（1字）	出安陽大司空村
墉爵	《近出》774	商後	墉（1字）	出安陽梅園莊
戜爵	《近出》776	商後	戜（1字）	原隸定稍異。出安陽後岡
腐爵	《近出》777	商後	腐（1字）	
↑爵	《近出》778	商後	↑（1字）	出河南偃師
↟爵	《近出》779	商後	↟（1字）	出河北武安
子爵	《近出》780	商後	子（1字）	
子爵	《近出》781	商後	子（1字）	出山東滕州
団爵	《近出》782	商後	団（1字）	
史爵	《近出》783	商後	史（1字）	

器名及數量	出　處	時代	釋文及字數	備　註
息爵（3器）	《近出》784～786	商後	息（1字）	出河南羅山
戲方爵（3器）	《近出》787～789	商後	戲（1字）	出安陽後岡
⚊爵	《近出》791	商後	⚊（1字）	
宁爵	《近出》793	商後	宁（1字）	出河南羅山
⚊爵	《近出》796	商後	⚊（1字）	
八爵	《近出》798	商後	八（1字）	
⚊爵	《近出》799	商後	⚊（1字）	
⚊爵	《近出》800	商後	⚊（1字）	
⚊爵（2器）	《近出》801、802	商後	⚊（1字）	出山西靈石
⚊爵	《近出》803	商後	⚊（1字）	
祖辛爵	《近出》807	商後	祖辛（2字）	
父乙爵	《近出》808	商後	父乙（2字）	出河南羅山
母乙爵	《近出》814	商後	母乙（2字）	出山東泗水
母癸爵	《近出》815	商後	母癸（2字）	出山東泗水
乙弔爵	《近出》817	商後	乙弔（2字）	
戈乙爵	《近出》818	商後	戈乙（2字）	
豕乙爵	《近出》819	商後	豕乙（2字）	
豩乙爵	《近出》820	商後	豩乙（2字）	出河南羅山
息己爵	《近出》822	商後	息己（2字）	息宜作四（泗）。出河南羅山
息庚爵	《近出》823	商後	息庚（2字）	息宜作四（泗）。出河南羅山
息辛爵（2器）	《近出》824、825	商後	辛息（2字）	息宜作四（泗）。出河南羅山
戲癸爵	《近出》826	商後	戲癸（2字）	
亞醜爵	《近出》827	商後	亞醜（2字）	醜或釋醜。出山東青州
亞告爵	《近出》828	商後	亞告（2字）	
亞申爵	《近出》829	商後	亞申（2字）	

器名及數量	出　　　處	時　代	釋文及字數	備　註
亞址角（10器）	《近出》832～841	商後	亞址（2字）	出安陽郭家莊
亞矣爵	《近出》842	商後	亞矣（2字）	矣古疑字
子義爵	《近出》843	商後	子義（2字）	出山東平陰
子工爵	《近出》844	商後	子工（2字）	出安陽劉家莊
尹舟爵	《近出》846	商後	尹舟（2字）	出陝西長安
倗舟爵	《近出》848	商後	倗舟（2字）	
兄冊爵	《近出》849	商後	兄冊（2字）	出安陽郭家莊
寑出爵	《近出》852	商後	帚出（2字）	寑字古作帚。出安陽大司空村
寑印爵（4器）	《近出》853～856	商後	帚印（2字）	寑字古作帚。出安陽大司空村
榮鬥爵	《近出》857	商後	燚鬥（2字）	燚古榮字。出山東濰坊
家肇爵	《近出》858	商後	家肇（2字）	出河南羅山
筍戊爵	《近出》859	商後	筍戊（2字）	筍古箙字
𡘲右爵	《近出》860	商後	𡘲右（2字）	右字作ㄥ。出山東昌樂
耳竹爵	《近出》861	商後	耳竹（2字）	
冊𣪘爵	《近出》862	商後	冊𣪘（2字）	
皿𢎤爵	《近出》863	商後	皿𢎤（2字）	
車犬爵	《近出》864	商後	車犬（2字）	
旅止爿爵（2器）	《近出》866、867	商後	旅止爿（3字）	出安陽郭家莊
戈父乙爵	《近出》869	商後	戈父乙（3字）	
宁父乙爵	《近出》870	商後	宁父乙（3字）	出安陽劉家莊
黿父乙爵	《近出》872	商後	黿父乙（3字）	黿原作黿
史父丁爵	《近出》874	商後	史父丁（3字）	
伐父丁爵	《近出》877	商後	伐父丁（3字）	
伐父丁爵	《近出》878	商後	伐父丁（3字）	

器名及數量	出　　處	時　代	釋文及字數	備　註
左父辛爵	《近出》881	商後	ナ父辛（3字）	ナ古左字
寉父癸爵	《近出》886	商後	寉父癸（3字）	
黃父癸爵	《近出》887	商後	虞父癸（3字）	黃古虞字。出安陽劉家莊
叔父癸爵	《近出》888	商後	弔父癸（3字）	出山東新泰
剺父癸爵	《近出》889	商後	剺父癸（3字）	出山東兗州
息父□爵	《近出》890	商後	息父□（3字）	出河南羅山
魚父□爵	《近出》891	商後	魚父□（3字）	
黿父□爵	《近出》892	商後	黿父□（3字）	黿原作黿。出安陽梅園莊
竝母戊爵	《近出》893	商後	竝母戊（3字）	出陝西岐山
🏺田辛爵	《近出》894	商後	🏺田辛（3字）	出安陽後岡
亞夫魁爵	《近出》895	商後	亞夫魁（3字）	
◇旬舉爵	《近出》896	商後	◇旬舉（3字）	旬古簠字
女嫥祖丁爵	《近出》897	商後	女嫥祖丁（4字）	女字宜作母
興天父己爵	《近出》900	商後	興天父己（4字）	興原隸定稍異。出安陽梅園莊
膚冊父庚角	《近出》902	商後	膚冊父庚（4字）	
奴爵	《近出》905	商後	八六七六十乍且丁奴（9字）	
鄉爵	《近出》906	商後	卿乍且壬彝（5字）	鄉字宜作卿
🏠宁ΙΙ爵	《近出》907	商後	🏠宁ΙΙ父□（5字）	
🏠宁ΙΙ爵	《近出》908	商後	🏠宁ΙΙ父□（5字）	
婦闖角	《近出》910	商後	婦闖文姑障彝（6字）	
爰斝	《近出》915	商後	爰（1字）	出安陽戚家莊
⊗斝	《近出》916	商後	⊗（1字）	
祖己斝	《近出》917	商後	且己（2字）	出河南武陟

器名及數量	出　　處	時　代	釋文及字數	備　　註
亞址方斝（2器）	《近出》919、920	商後	亞址（2字）	出安陽郭家莊
亞𦎫斝	《近出》921	商後	亞𦎫（2字）	出安陽大司空村
子□斝	《近出》922	商後	子□（2字）	
𡴎旅斝	《近出》923	商後	𡴎旅（2字）	
亞𰻞址圓斝	《近出》924	商後	亞𰻞址（3字）	出安陽郭家莊
亞卲其斝	《近出》925	商後	亞卲其（3字）	出陝西岐山
叔觥蓋	《近出》928	商後	叔（1字）	出安陽後岡
兄觥	《近出》930	商後	兄乍母丙彝亞址（7字）	出安陽郭家莊
屮盉	《近出》931	商後	屮（1字）	
亞址盉	《近出》933	商後	亞址（2字）	出安陽郭家莊
夨壺	《近出》944	商後	夨（1字）	
葡壺	《近出》947	商後	葡（2字）	葡古箙字
爰罍	《近出》973	商後	爰（1字）	出安陽戚家莊
融罍	《近出》974	商後	融（1字）	出山東青州
武方罍	《近出》975	商後	武（1字）	
鳶方罍	《近出》976	商後	鳶（1字）	
罍	《近出》977	商後	（1字）	
亞址罍	《近出》978	商後	亞址（2字）	出安陽郭家莊
亞醜罍	《近出》979	商後	亞醜（2字）	醜或釋醜
父丁罍	《近出》983	商後	父丁川子（4字）	出河南武陟
鼎方彝	《近出》988	商後	鼎（1字。器蓋同銘）	
牌方彝	《近出》989	商後	牌（1字）	
𡴎方彝	《近出》990	商後	𡴎（1字）	
亞矣方彝	《近出》991	商後	亞矣（2字）	矣古疑字
秭𢆉方彝	《近出》992	商後	秭𢆉（2字）	
旅止𢆉方彝	《近出》993	商後	旅止𢆉（3字）	出安陽郭家莊

器名及數量	出　　處	時　代	釋文及字數	備　註
王生女叔方彝	《近出》994	商後	王生女叔（4字。器蓋同銘）	
亞址盤	《近出》998	商後	亞址（2字）	出安陽郭家莊
鼓寢盤	《近出》999	商後	鼓寢（2字）	出安陽大司空村
宁□鍑	《近出》1043	商後	宁□（2字）	出安陽郭家莊
尹箕	《近出》1054	商後	尹（1字）	出河南羅山
旅止冄箕	《近出》1055	商後	旅止冄（3字）	出安陽郭家莊
八器蓋	《近出》1056	商後	八（1字）	出安陽戚家莊
戈	《近出》1062	商後	（1字）	出安陽郭家莊
屮戈	《近出》1063	商後	屮（1字）	出山東濟寧
鳥戈	《近出》1064	商後	鳥（1字）	出山東沂水
吹戈	《近出》1065	商後	吹（1字）	釋吹似非
戈	《近出》1066	商後	（1字）	
息戈	《近出》1067	商後	息（1字）	息宜作四（泗）。出河南羅山
妖戈	《近出》1068	商後	妖（1字）	
龟戈	《近出》1069	商後	龟（1字）	
萬戈	《近出》1070	商後	萬（1字）	
屰戈	《近出》1071	商後	屰（1字）	
眉戈	《近出》1072	商後	眉（1字）	
鄉宁戈	《近出》1089	商後	卿宁（2字）	鄉字宜作卿。出安陽郭家莊
亞米戈	《近出》1090	商後	亞米（2字）	見于山東
車麃戈	《近出》1091	商後	車麃（2字）	傳出山西洪洞
索需戈	《近出》1092	商後	索需（2字）	見于河南
子龏戈	《近出》1093	商後	子龏（2字）	見于河南
夲矛	《近出》1202	商後	夲（1字）	夲或作夸。見于德國
倗舟矛	《近出》1204	商後	倗舟（2字）	

器名及數量	出　　處	時　代	釋文及字數	備　註
羊斧	《近出》1239	商後	羊（1字）	出安陽
盉鉞	《近出》1245	商後	盉（1字）	
兮鉞	《近出》1246	商後	兮（1字）	
狽鉞	《近出》1247	商後	狽（1字）	見于法國
柬嚮鼎	《近出》附9	商後	柬卿（2字）	嚮字宜作卿。見于河南
保□鼎	《近出》附10	商後	保□（2字）	
□簋	《近出》附21	商後	□□□（3字）	出安陽劉家莊
己竝卣	《近出》附29	商後	己竝（2字）	出山東壽光
□□卣	《近出》附31	商後	□□（2字）	出安陽劉家莊
□□卣	《近出》附32	商後	□□（2字）	見于陝西
□尊	《近出》附33	商後	□（1字）	出安陽劉家莊
□尊	《近出》附34	商後	□（1字）	出安陽劉家莊
己竝尊	《近出》附35	商後	己竝（2字）	出山東壽光
觶	《近出》附36	商後	（1字）	出山西靈石
己竝觚	《近出》附37	商後	己竝（2字）	出山東壽光
羊爵	《近出》附38	商後	羊（1字）	出安陽郭家莊
息爵	《近出》附39	商後	息（1字）	息當作四（泗）。出河南羅山
爰爵	《近出》附40	商後	爰（1字）	出安陽戚家莊
鼎爵	《近出》附41	商後	鼎（1字）	原作，無釋。見于山東
◇爵	《近出》附42	商後	◇（1字）	見于河南
己竝爵	《近出》附43	商後	己竝（2字）	出山東壽光
巫□爵	《近出》附44	商後	巫□（2字）	見于河南
祖戊爵	《近出》附45	商後	祖戊（2字）	見于山東
乙爵	《近出》附46	商後	乙（2字）	出安陽
父辛爵	《近出》附47	商後	父辛（2字）	出河南南陽
父癸爵	《近出》附48	商後	父癸（2字）	出山西長子

器名及數量	出　　　處	時代	釋文及字數	備　註
典正爵	《近出》附 49	商後	典正（2字）	見于河南
父丙□爵	《近出》附 50	商後	父丙□（3字）	出安陽
羇父丁爵	《近出》附 55	商後	羇父丁（3字）	見于英國
作母尊彝壺	《近出》附 59	商後	□乍母尊彝（5字）	見于瑞典
囚罍	《近出》附 60	商後	囚（1字）	出山西靈石
爰方彝	《近出》附 62	商後	爰（1字）	出安陽戚家莊
爰戈	《近出》附 72	商後	爰（1字）	出安陽戚家莊
克戈	《近出》附 73	商後	克（1字）	見于河南
皇戈	《近出》附 74	商後	皇（1字）	見于河南
□殘片	《近出》附 96	商後	□（1字）	出安陽郭家莊
已鐃（3器）	《近出二》51～53	商後	已（1字）	見于安陽
婦好瓿	《近出二》101	武丁～	帚好（2字）	出婦好墓
亞長瓿	《近出二》102	商後	亞長（2字）	出安陽花園莊
亞丮瓿	《近出二》103	商後	亞丮（2字）	出安陽劉家莊
屮父辛瓿	《近出二》106	商後	屮父辛（3字）	見于河北
南單母癸瓿	《近出二》111	商後	南單母癸（4字）	見于上海
眉鼎	《近出二》127	商後	眉（1字）	
甘鼎	《近出二》128	商後	甘（1字）	見于日本
✦鼎	《近出二》129	商後	✦（1字）	見于英國
𠓜鼎	《近出二》130	商後	𠓜（1字）	出陝西扶風
舌鼎	《近出二》131	商後	舌（1字）	見于澳門
㝢鼎	《近出二》132	商後	㝢（1字）	見于澳門
屮鼎	《近出二》133	商後	屮（1字）	清宮舊藏
夻鼎（2器）	《近出二》134、135	商後	夻（1字）	出殷墟
堯鼎	《近出二》136	商後	堯（1字）	見于上海
史方鼎（3器）	《近出二》137～139	商後	史（1字）	出山東滕州
史鼎	《近出二》140	商後	史（1字）	見于上海

器名及數量	出　　　處	時　代	釋文及字數	備　　註
史鼎（7器）	《近出二》141～147	商後	史（1字）	出山東滕州
戈鼎	《近出二》148	商後	戈（1字）	見于上海
戈鼎	《近出二》149	商後	戈（1字）	出山東滕州
倗鼎	《近出二》150	商後	倗（1字）	見于上海
旅鼎	《近出二》151	商後	旅（1字）	見于臺北
旅鼎	《近出二》152	商後	旅（1字）	見于臺北
酉鼎	《近出二》153	商後	酉（1字）	出湖南望城
籃鼎	《近出二》154	商後	匋（1字）	匋古籃字
叟鼎	《近出二》155	商後	叟（1字）	見于安陽
文鼎	《近出二》156	商後	文（1字）	出河南羅山
子龍鼎	《近出二》165	商後	子龍（2字）	傳出河南輝縣
亞長鼎（3器）	《近出二》166～168	商後	亞長（2字）	出安陽花園莊
亞丮鼎（5器）	《近出二》169～173	商後	亞丮（2字）	出安陽劉家莊
婦好方鼎	《近出二》174	武丁～	帚好（2字）	出婦好墓
五己鼎	《近出二》175	商後	己五（2字）	
亞盥鼎	《近出二》176	商後	亞舀（2字）	盥字宜作舀。出安陽苗圃
子衛方鼎	《近出二》177	商後	子韋（2字）	衛宜作韋。出殷墟
入己鼎	《近出二》178	商後	入己（2字）	出安陽苗圃
甲丮鼎	《近出二》179	商後	甲丮（2字）	出安陽戚家莊
亞鼎鼎	《近出二》180	商後	亞鼎（2字）	見于上海
亞專鼎	《近出二》181	商後	亞專（2字）	見于上海
虞攄鼎	《近出二》182	商後	虞攄（2字）	虞古虞字；攄原隸定稍異。傳出山東費縣
夰保鼎	《近出二》183	商後	夰保（2字）	見于河南
□柬鼎	《近出二》184	商後	□柬（2字）	出安陽
亞建鼎	《近出二》185	商後	亞建（2字）	見于上海
舟亞鼎	《近出二》186	商後	舟亞（2字）	見于臺北

器名及數量	出　　處	時　代	釋文及字數	備　註
戈己鼎	《近出二》187	商後	戈己（2字）	見于河北
己酉鼎	《近出二》188	商後	己酉（2字）	出安陽徐家橋
畢父乙鼎	《近出二》195	商後	畢父乙（3字）	出河北定州
戎父乙鼎	《近出二》196	商後	戎父乙（3字）	出殷墟
吳父癸鼎	《近出二》197	商後	吳父癸（3字）	
虜父□鼎	《近出二》198	商後	虜父□（3字）	虜古虜字。出河南鹿邑
亞得父庚鼎	《近出二》219	商後	亞得父庚（4字）	傳出安陽
亞醜父丁鼎	《近出二》229	商後	亞醜父丁宁歸（6字）	醜或釋醜。見于臺北
祖辛父辛鼎	《近出二》243	商後	邑云祖辛父辛（6字）	出殷墟
足吾鼎	《近出二》244	商後	父庚足吾膚冊（6字）	
豆鼎	《近出二》259	商後	串鷄豆乍父丁彝（7字）	鷄原未釋，或作鳶
寢孳方鼎	《近出二》311	商後	甲子王易壽孳商用乍父辛隣彝才十月又二遘且甲彡日隹王廿祀冊佣（29字）	出山西曲沃
敔方鼎	《近出二》314	商後	乙未王窑文武帝乙彡日自闌夕佣王返入闌王商敔貝用乍父丁賁隣彝才五月隹王廿祀又二魚（37字）	
冎簋	《近出二》340	商後	冎（1字）	見于上海
史簋	《近出二》342	商後	史（1字）	出山東滕州
弔簋	《近出二》345	商後	弔（1字）	明義士舊藏
酉己簋	《近出二》347	商後	酉己（2字）	出安陽徐家橋

器名及數量	出　　處	時　代	釋文及字數	備　註
亞廾簋	《近出二》348	商後	亞廾（2字）	出安陽劉家莊
宁筍簋	《近出二》349	商後	宁筍（2字）	筍古箙字。出安陽戚家莊
子糸示刀簋	《近出二》366	商後	子糸示刀（4字）	示原未釋。明義士舊藏
母嬉日辛簋	《近出二》367	商後	母嬉日辛（4字）	見于日本
亞□父辛簋	《近出二》368	商後	亞□父辛（4字）	出陝西鳳翔
北單父乙簋	《近出二》369	商後	北單父乙（4字）	
受祖乙父辛簋	《近出二》376	商後	受祖乙父辛（5字）	
子䜌簋	《近出二》398	商後	子䜌才憲乍文父乙彝（9字）	見于北京
牛卣	《近出二》488	商後	牛（1字）	
車鴉卣	《近出二》489	商後	車（1字）	藏故宮
史卣（2器）	《近出二》490、491	商後	史（1字）	出山東滕州
亞奠卣	《近出二》495	商後	亞奠（2字）	見于臺北
爰爾卣	《近出二》496	商後	爰爾（2字）	出安陽
戉筍卣	《近出二》497	商後	戉筍（2字）	筍古箙字。出安陽戚家莊
鼻子卣	《近出二》498	商後	鼻子（2字）	見于德國
聥丁卣	《近出二》499	商後	卣器：聥丁（2字）蓋：聥（1字）	見于日本
亞矣卣	《近出二》500	商後	亞矣（2字）	矣古疑字。見于日本
父乙卣	《近出二》502	商後	父乙（2字）	
史父乙卣	《近出二》503	商後	史父乙（3字）	
未祖壬卣	《近出二》504	商後	未祖壬（3字）	出陝西扶風
亞宮廾卣	《近出二》505	商後	亞宮廾（3字）	出安陽劉家莊
枚父丁卣	《近出二》506	商後	枚父丁（3字）	藏清華大學
朙父丁卣	《近出二》507	商後	朙父丁（3字）	

器名及數量	出　　處	時　代	釋文及字數	備　註
母嬃日辛卣	《近出二》520	商後	母嬃日辛（4字）	見于日本
作太子丁卣	《近出二》528	商後	乍太子丁尊彝（6字）	出陝西扶風
燮卣（3器）	《近出二》540～542	商後	王由攸田燮乍父丁障襄（10字）	見于美國
犅伯譱卣	《近出二》546	商後	亞庚寅犅白譱乍寶彝才二月虫又八（15字。器蓋同銘）	
腐尊	《近出二》549	商後	腐（1字）	
史尊	《近出二》550	商後	史（1字）	
融尊	《近出二》551	商後	融（1字）	見于臺北
子厎尊	《近出二》552	商後	子厎（2字）	
亞㢲方尊（2器）	《近出二》553、554	商後	亞㢲（2字）	出安陽劉家莊
🝔工尊	《近出二》555	商後	🝔工（2字）	出安陽戚家莊
亞長方尊	《近出二》557	商後	亞長（2字）	出安陽花園莊
畂矣尊	《近出二》558	商後	畂矣珤（3字）	珤原作玟
🝔婦丁尊	《近出二》559	商後	🝔婦丁（3字）	見于香港
戈父壬尊	《近出二》560	商後	戈父壬（3字）	出陝西周至
史父乙尊	《近出二》561	商後	史父乙（3字）	出山東滕州
母嬃日辛方尊	《近出二》569、570	商後	母嬃日辛（4字）	見于日本
賣尊	《近出二》576	商後	亞齨賣乍障彝（6字）	見于臺北
亞長牛尊	《近出二》589	商後	亞長（2字）	出安陽花園莊
㣢觶	《近出二》593	商後	㣢（1字）	見于上海
史觶（3器）	《近出二》594～596	商後	史（1字）	出山東滕州
冄觶	《近出二》597	商後	冄（1字）	出山東滕州
腐冊觶	《近出二》602	商後	腐冊（2字）	見于德國
史乙觶	《近出二》603	商後	史乙（2字）	出山東滕州

器名及數量	出　　處	時　代	釋文及字數	備　註
文父乙觶	《近出二》607	商後	文父乙（3字）	安陽博物馆藏
萬父丁觶	《近出二》608	商後	萬父丁（3字）	見于德國
子祖己觶	《近出二》609	商後	子祖己（3字）	
字父己觶	《近出二》610	商後	字父己（3字）	
亞父丁觶	《近出二》611	商後	亞父丁（3字）	出山東滕州
父乙觶	《近出二》618	商後	父乙（2字）	出山東滕州
鬱保𝌆觶	《近出二》621	商後	器:母丁鬱保友鳥（6字）蓋:鬱保𝌆（3字）	出山東滕州
亼觚	《近出二》622	商後	亼（1字）	明義士舊藏
何觚	《近出二》623	商後	何（1字）	明義士舊藏
冈觚	《近出二》624	商後	冈（1字）	明義士舊藏
弔觚	《近出二》625	商後	弔（1字）	明義士舊藏
夷觚	《近出二》626	商後	夷（1字）	
夷觚	《近出二》627	商後	夷（1字）	
癸觚	《近出二》628	商後	癸（1字）	明義士舊藏
至觚	《近出二》629	商後	至（1字）	
亞觚（2器）	《近出二》630、631	商後	亞（1字）	出安陽劉家莊
䪅觚	《近出二》632	商後	䪅（1字）	見于德國
旅觶	《近出二》633	商後	旅（1字）	上海博物館藏
觚	《近出二》634	商後	（1字）	見于德國
僥觚	《近出二》635	商後	僥（1字）	見于臺北
堯觚	《近出二》636	商後	堯（1字）	見于臺北
羊觚	《近出二》637	商後	羊（1字）	見于臺北
封觚	《近出二》638	商後	封（1字）	見于臺北
矦觚	《近出二》639	商後	矦（1字）	
八觚	《近出二》640	商後	八（1字）	出安陽苗圃
橐觚	《近出二》641	武丁～	橐（1字）	出婦好墓
夕觚	《近出二》642	商後	夕（1字）	出安陽劉家莊

器名及數量	出　　處	時 代	釋文及字數	備　註
史觚	《近出二》643	商後	史（1字）	出安陽劉家莊
史觚（6器）	《近出二》644～649	商後	史（1字）	出山東滕州
辛觚	《近出二》651	商後	辛（2字）	見于上海
亞丮觚	《近出二》652	商後	亞丮（2字）	出安陽劉家莊
示丁觚	《近出二》653	商後	示丁（2字）	
子們觚（2器）	《近出二》654、655	商後	子們（2字）	
亞雔觚	《近出二》656	商後	亞雔（2字）	出河南羅山
屰癸觚	《近出二》657	商後	屰癸（2字）	上海博物館藏
父乙觚	《近出二》658	商後	父乙（2字）	
保觚	《近出二》659	商後	保（2字）	見于河南
亞奚觚	《近出二》660	商後	亞奚（2字）	見于日本
舌父觚	《近出二》661	商後	父舌（2字）	見于德國
北單觚	《近出二》662	商後	北單（2字）	清華大學圖書館藏
□□觚	《近出二》663	商後	□（2字）	原未出。出殷墟
司母觚	《近出二》664	商後	后母（2字）	司當作后
冊亯觚	《近出二》665	商後	冊亯（2字）	出西安
亞長觚（2器）	《近出二》666、667	商後	亞長（2字）	出安陽花園莊
心己觚	《近出二》668	商後	心己（2字）	見于倫敦
丁觚	《近出二》669	商後	丁（2字）	明義士舊藏
矢宁觚	《近出二》670	商後	矢宁（2字）	明義士舊藏
失觚	《近出二》671	商後	失（2字）	明義士舊藏
亞矣觚	《近出二》672	商後	亞矣（2字）	矣古疑字。出安陽劉家莊
宁箙觚	《近出二》673	商後	宁葡（2字）	葡古箙字。出安陽戚家莊
戉箙觚	《近出二》674	商後	戉葡（2字）	葡古箙字。出安陽戚家莊
史午觚	《近出二》675	商後	史午（2字）	出山東滕州

器名及數量	出　　處	時代	釋文及字數	備　註
息父己觚	《近出二》676	商後	息父己（3字）	息當作四（泗）。出安陽劉家莊
犬父甲觚	《近出二》677	商後	犬父甲（3字）	明義士舊藏
埶父乙觚	《近出二》678	商後	埶父乙（3字）	見于臺北
雁父丁觚	《近出二》679	商後	✝父丁（3字）	出山東滕州
父辛觚	《近出二》680	商後	□父辛（3字）	出河南鹿邑
車徙父乙觚	《近出二》682	商後	父乙車街（4字）	見于河南
曾𣏪中見觚	《近出二》683	商後	曾𣏪中見（4字）	曾字作𢁧。出山東滕州
母嬟日辛觚	《近出二》684	商後	母嬟日辛（4字）	見于日本
宋婦觚	《近出二》685	商後	宋婦彝史（4字）	出山東滕州
𠆦爵（2器）	《近出二》687、688	商後	𠆦（1字）	出安陽苗圃
爰爵（2器）	《近出二》689、690	商後	爰（1字）	出安陽戚家莊
𣅀爵（2器）	《近出二》691、692	商後	𣅀（1字）	出安陽戚家莊
丰爵	《近出二》693	商後	丰（1字）	見于安陽
牧爵	《近出二》694	商後	牧（1字）	見于安陽
史爵（12器）	《近出二》695～706	商後	史（1字）	出山東滕州
大爵	《近出二》709	商後	大（1字）	見于湖北
子爵	《近出二》710	商後	子（1字）	傳出安陽
鼻爵	《近出二》711	商後	鼻（1字）	出山東滕州
左爵	《近出二》712	商後	左（1字）	見于臺北
𥄗爵	《近出二》713	商後	𥄗（1字）	明義士舊藏
戈爵	《近出二》714	商後	戈（1字）	明義士舊藏
聑爵	《近出二》715	商後	聑（1字）	見于臺北
象爵	《近出二》716	商後	象（1字）	見于德國
歨爵	《近出二》717	商後	歨（1字）	見于河南
旅爵	《近出二》718	商後	旅（1字）	明義士舊藏
▟爵	《近出二》719	商後	▟（1字）	▟原誤作𣃁

器名及數量	出　　　處	時　代	釋文及字數	備　註
🐦爵	《近出二》720	商後	🐦（1字）	西北大學藏
先爵	《近出二》721	商後	先（1字）	見于澳門
夒爵	《近出二》722	商後	夒（1字）	
🐦爵	《近出二》723	商後	🐦（1字）	出河南洛陽
敔爵	《近出二》726	商後	敔（1字）	出山東濟南
🐦乙爵（2器）	《近出二》727、728	商後	乙🐦（2字）	見于澳門
𠂤乙爵	《近出二》729	商後	𠂤乙（2字）	出安陽八里莊
鄉宁爵	《近出二》730	商後	卿宁（2字）	鄉宜作卿。上海博物館藏
南彔爵（4器）	《近出二》731～734	商後	南彔（2字）	
子由爵	《近出二》735	商後	子由（2字）	出安陽花園莊
子🐦爵	《近出二》736	商後	子🐦（2字）	出安陽花園莊
亞長爵	《近出二》737	商後	亞長（2字）	出安陽花園莊
亞舟爵	《近出二》738	商後	亞舟（2字）	
𢍰因爵	《近出二》739	商後	𢍰因（2字）	見于安陽
冊韋爵	《近出二》740	商後	冊韋（2字）	河南新鄉博物館藏
🐦失爵	《近出二》741	商後	🐦失（2字）	明義士舊藏
耳髟爵	《近出二》742	商後	耳而（2字）	而原作髟。見于日本
🐦辛爵	《近出二》743	商後	辛🐦（2字）	出安陽孝民屯
子守爵	《近出二》744	商後	子守（2字）	見于澳門
□父爵	《近出二》745	商後	□父（2字）	出河南臨汝
告祖爵	《近出二》746	商後	告且（2字）	出安陽大司空村
叀🐦爵	《近出二》747	商後	叀🐦（2字）	出山東滕州
父丁爵	《近出二》748	商後	父丁（2字）	出山東滕州
宁箙爵	《近出二》749	商後	宁𢎶（2字）	𢎶古箙字。出安陽戚家莊
黹🐦旅爵	《近出二》759	商後	黹🐦旅（2字）	

器名及數量	出　　處	時　代	釋文及字數	備　註
宅止癸爵	《近出二》760	商後	宅止癸（3字）	出山東濰坊
亞它孔爵	《近出二》761	商後	亞它孔（3字）	出安陽劉家莊
倗父乙爵	《近出二》762	商後	倗父乙（3字）	出湖南衡陽
⊐西單爵	《近出二》763	商後	⊐西單（3字）	明義士舊藏
萬父己爵	《近出二》764	商後	萬父己（3字）	明義士舊藏
息父己爵	《近出二》765	商後	父己息（3字）	出安陽劉家莊
光父辛爵	《近出二》766	商後	光父辛（3字）	見于安陽
史父乙爵（2器）	《近出二》767、768	商後	史父乙（3字）	出山東滕州
作父乙彝爵	《近出二》780	商後	乍父乙彝（4字）	北京圖書館藏搨
史瓔爵	《近出二》781	商後	史瓔乍爵（4字）	出山東滕州
曾屮中見爵	《近出二》782	商後	曾屮中見（4字）	曾字作✷。出山東滕州
丏爵	《近出二》787	商後	丏用乍父乙彝（6字）	出陝西麟遊
亞角	《近出二》792	商後	亞（1字）	出安陽劉家莊
史角	《近出二》793	商後	史（1字）	出安陽劉家莊
史角	《近出二》794	商後	史（1字）	出山東滕州
虞擔角	《近出二》795	商後	虞擔（2字）	虞古虞字。擔原隸定稍異。傳出山東費縣
史父乙角	《近出二》796	商後	史父乙（3字）	出山東滕州
虞父丁角	《近出二》797	商後	虞父丁（3字）	虞古虞字。出山東滕州
婦䗲角	《近出二》798	商後	耼而婦䗲（4字）	而原作髭。出河南輝縣
母嬃日辛角	《近出二》799	商後	母嬃日辛（4字）	見于日本
史子日癸角（2器）	《近出二》800、801	商後	史子日癸（4字）	出山東滕州
亘斝	《近出二》804	商後	亘（1字）	
✷斝	《近出二》805	商後	✷（1字）	

器名及數量	出　　　處	時　代	釋文及字數	備　　註
亞長方罍	《近出二》808	商後	亞長（2字）	
宁箙罍	《近出二》809	商後	宁箙（2字）	箙古籃字。出安陽戚家莊
亞宫孔罍	《近出二》812	商後	亞宫孔（3字）	出安陽劉家莊
孃兕觥	《近出二》813	商後	孃（1字）	見于法國
亞長兕觥	《近出二》814	商後	亞長（2字）	出安陽花園莊
敱盉	《近出二》817	商後	敱（1字）	出山東滕州
史盉	《近出二》818	商後	史（1字）	出山東滕州
示萬盉	《近出二》823	商後	示萬（2字）	示原未釋。上海博物館藏
雍伯盉	《近出二》833	商後	棄屮人方雍白夗首毛用乍父乙隋彝史（16字）	出山東滕州
甲壺	《近出二》837	商後	甲（1字）	上海博物館藏
史子孔壺	《近出二》844	商後	史子孔（3字）	出陝西延川
罍	《近出二》879	商後	（1字，器蓋同銘）	上海博物館藏
南彔罍	《近出二》881	商後	南彔（2字）	
亞伐方罍	《近出二》882	商後	亞伐（2字）	出陝西漢中
亞矣方罍	《近出二》883	商後	亞矣（2字）	矣古疑字。見于臺北
亞孔罍	《近出二》884	商後	亞孔（2字）	出安陽劉家莊
冊亯罍	《近出二》885	商後	冊亯（3字）	見于臺北
山父己罍	《近出二》886	商後	山父己（3字）	出陝西城固
婦婭罍	《近出二》889	商後	亞婦婭乍母癸尊彝廣（10字）	廣字古作䢼。
方彝	《近出二》895	商後	（1字）	原作
仚何方彝	《近出二》896	商後	仚何（2字）	見于德國
冊衛方彝	《近出二》897	商後	冊韋（2字）	衛宜作韋。上海博物館藏
子豕方彝	《近出二》898	商後	豕子（2字）	出安陽花園莊

器名及數量	出　　處	時　代	釋文及字數	備　註
亞長方彝	《近出二》899	商後	亞長（2字）	出安陽花園莊
亞𡧛孔方彝	《近出二》900	商後	亞𡧛孔（3字）	出安陽劉家莊
母嬗日辛方彝	《近出二》901	商後	母嬗日辛（4字）	見于日本
爻斗	《近出二》903	商後	爻（1字）	上海博物館藏
此斗	《近出二》904	商後	此（1字）	見于臺北
亞長勺	《近出二》905	商後	亞長（2字）	出安陽花園莊
子天示單勺	《近出二》906	商後	子天示單（4字）	示字原未釋。明義士舊藏
𣥠盤	《近出二》913	商後	𣥠（1字）	清華大學圖書館藏
史盤	《近出二》914	商後	史（1字）	出山東滕州
戈盤	《近出二》915	商後	戈（1字）	
亞夫盤	《近出二》916	商後	亞夫（2字）	清華大學圖書館藏
亞孔盤	《近出二》917	商後	亞𠀠（2字）	出安陽劉家莊
籅盂	《近出二》960	商後	𥄎（1字）	𥄎古籅字
亞長盂	《近出二》961	商後	亞長（2字）	出安陽花園莊
作冊般黿	《近出二》967	商後	丙申王迠于洹隻王一射奴射三率亡灋矢王令寽馗兄于乍冊般曰奏于庸乍女寶（33字）	中國國家博物館藏
子示單箕	《近出二》969	商後	子示（2字）	示字原未釋。明義士舊藏
◇戈	《近出二》1043	商後	◇（1字）	見于河南
𡿺戈	《近出二》1044	商後	𡿺（1字）	見于臺北
隼戈	《近出二》1045	商後	隼（1字）	首都師範大學歷史博物館藏
𠅃戈	《近出二》1046	商後	𠅃（1字）	出安陽花園莊

器名及數量	出　　處	時　代	釋文及字數	備　註
□戈	《近出二》1047	商後	□（1字）	出甘肅崇信
叟戈	《近出二》1048	商後	叟（1字）	出河北定州
丞戈	《近出二》1049	商後	丞（1字）	見于臺北
爰戈	《近出二》1050	商後	爰（1字）	出安陽戚家莊
史戈（2器）	《近出二》1051、1052	商後	史（1字）	出山東滕州
♠戈	《近出二》1053	商後	♠（1字）	中國國家博物館藏
亞長戈（7器）	《近出二》1065～1071	商後	亞長（2字）	出安陽花園莊
山♠戈	《近出二》1072	商後	山♠（2字）	♠原摹稍誤。見于河南
□賓戈	《近出二》1073	商後	□方（2字）	見于河南
⋀矛	《近出二》1256	商後	⋀（1字）	⋀原誤作⋀。出山西靈石
亞長矛（7器）	《近出二》1257～1263	商後	亞長（2字）	出安陽花園莊
羞斧	《近出二》1325	商後	羞（1字）	北京圖書館藏
亞長弓形器	《近出二》1332	商後	亞長（2字）	出安陽花園莊
亞長刀（3器）	《近出二》1334～1336	商後	亞長（2字）	出安陽花園莊
鳥簋	《近出二》附20	商後	鳥（1字）	見于河南
祖戊爵	《近出二》附45	商後	且戊（2字）	出山東桓臺
回心♣爵	《近出二》附54	商後	回心♣（3字）	見于河南
⋀罍	《近出二》附60	商後	⋀（1字）	出山西靈石
爰方彝	《近出二》附62	商後	爰（1字）	出安陽戚家莊
克戈	《近出二》附73	商後	克（1字）	見于河南
皇戈	《近出二》附74	商後	皇（1字）	見于河南
⋀瓿	《流散》5	殷	⋀乍且癸彝（5字）	

器名及數量	出　　處	時　代	釋文及字數	備　註
兔鼎	《流散》10	殷	(1字)	作兔恐非。著者謂未著錄，殆誤。疑即《近出》171
氐鼎	《流散》11	殷	(1字)	
舌鼎	《流散》14	殷	舌（1字）	
鼎	《流散》16	殷	(1字)	
隻鼎	《流散》19	殷	隻（1字）	
韋鼎	《流散》20	殷	(1字)	作韋非
子鼎	《流散》21	殷	子（1字）	
子鼎	《流散》22	殷	子（1字）	
鼎	《流散》23	殷	(1字)	
乘己鼎	《流散》31	殷	乘己（2字）	
己鼎	《流散》32	殷	己（2字）	
矢宁鼎	《流散》34	殷	矢宁（2字）	
女心鼎	《流散》37	殷	女心（2字）	
父丁鼎	《流散》45	殷	父丁（3字）	
父丁鼎	《流散》46	殷	父丁（3字）	
屰父庚鼎	《流散》47	殷	屰父庚（3字）	
父癸鼎	《流散》50	殷	父癸（3字）	
得父癸方鼎	《流散》51	殷	得父癸（3字）	
王子聖鼎	《流散》54	殷	王子聖（3字）	
庚冊父丁鼎	《流散》55	殷	庚冊父丁（4字）	
子父戊子鼎	《流散》56	殷	子父戊子（4字）	
簋	《流散》66	殷	(1字)	
簋	《流散》71	殷	(1字)	
亞簋	《流散》72	殷	亞（1字）	
子父丁簋	《流散》80	殷	子父丁（3字）	
尹人□簋	《流散》83	殷	尹人□（3字）	人□當作邑

器名及數量	出　　處	時代	釋文及字數	備　註
𩰩▬父丁簋	《流散》88	殷	𩰩▬父丁（4字）	
冊玄父癸簋	《流散》89	殷	冊玄父癸（4字）	
亞獏母辛簋	《流散》90	殷	亞獏母辛（4字）	
黃卣	《流散》115	殷	亞廣（1字）	黃古廣字
後卣	《流散》117	殷	後（1字）	
冈卣	《流散》119	殷	冈（1字）	
亞𩠆卣	《流散》120	殷	亞𩠆（2字）	𩠆或釋醜。
從丁癸卣	《流散》131	殷	從丁癸（3字）	
冊亯般卣	《流散》137	殷	冊亯般（3字）	
𢦏尊	《流散》151	殷	𢦏（1字）	
子戚尊	《流散》154	殷	子戚（2字）	
豪父丁尊	《流散》155	殷	豪父丁（3字）	
𢦏觶	《流散》166	殷	𢦏（1字）	
旅觶	《流散》167	殷	旅（1字）	
戈觶	《流散》169	殷	戈（1字）	
𠦪旅觶	《流散》175	殷	𠦪旅（2字）	
戉箙觶	《流散》176	殷	戉笝（2字）	笝古箙字
亦觚	《流散》192	殷	亦（1字）	
𤇪觚	《流散》194	殷	𤇪（1字）	
印觚	《流散》195	殷	印（1字）	
守觚	《流散》198	殷	守（1字）	
殼觚	《流散》199	殷	殼（1字）	殼原作𣪊
韋觚	《流散》202	殷	𮥛（1字）	作韋非
韋觚	《流散》203	殷	𮥛（1字）	作韋非
徙觚	《流散》204	殷	徙（1字）	
念觚	《流散》205	殷	念（1字）	
子觚	《流散》206	殷	子（1字）	
囯觚	《流散》207	殷	囯（1字）	

器名及數量	出　　　處	時　代	釋文及字數	備　註
集觚	《流散》208	殷	集（1字）	
韋觚	《流散》209	殷	韋（1字）	
戈觚	《流散》210	殷	戈（1字）	
弓觚	《流散》211	殷	弓（1字）	
𢦏觚	《流散》212	殷	𢦏（1字）	
亞隻觚	《流散》213	殷	亞隻（2字）	
亞酉觚	《流散》214	殷	亞酉（2字）	
祖丁觚	《流散》215	殷	且丁（2字）	
子癸觚	《流散》218	殷	子癸（2字）	
𡚁子觚	《流散》219	殷	𡚁子（2字）	
右宁觚	《流散》220	殷	右宁（2字）	
庚冊觚	《流散》222	殷	庚冊（2字）	
亞木守觚	《流散》224	殷	亞木守（3字）	
亞干示觚	《流散》226	殷	亞干示（3字）	
亞豕馬觚	《流散》227	殷	亞豕馬（3字）	
卩父戊觚	《流散》229	殷	卩父戊（3字）	
旅父辛觚	《流散》230	殷	旅父辛（3字）	
𡝫父壬觚	《流散》231	殷	𡝫父壬（3字）	
大父癸觚	《流散》232	殷	大父癸（3字）	
羊建父丁觚	《流散》235	殷	𦍋𥎲父丁（4字）	
八冊父庚觚	《流散》236	殷	八冊父庚（4字）	
共𠛬父庚觚	《流散》237	殷	𨑎𠛬父庚（4字）	𨑎作共恐非
𤣥爵	《流散》239	殷	𤣥（1字）	原隸定略異
卬爵	《流散》241	殷	卬（1字）	原隸定略異
杏爵	《流散》242	殷	杏（1字）	
子爵	《流散》248	殷	子（1字）	

器名及數量	出　　　處	時 代	釋文及字數	備　註
囷爵	《流散》249	殷	囷（1字）	
🜚爵	《流散》252	殷	🜚（1字）	
🜚爵	《流散》255	殷	🜚（1字）	
🜚爵	《流散》259	殷	🜚（1字）	
亞疑爵	《流散》261	殷	亞矣（2字）	矣古疑字
亞告爵	《流散》262	殷	亞告（2字）	
亞🜚爵	《流散》264	殷	亞🜚（2字）	
祖辛爵	《流散》267	殷	且辛（2字）	
豕乙爵	《流散》271	殷	豕乙（2字）	
乙冉爵	《流散》272	殷	乙冄（2字）	
𢦏癸爵	《流散》273	殷	𢦏癸（2字）	
俑舟爵	《流散》274	殷	俑舟（2字）	
俑舟爵	《流散》275	殷	俑舟（2字）	
耳竹爵	《流散》276	殷	耳竹（2字）	
冊鬲爵	《流散》278	殷	冊鬲（2字）	
皿🜚爵	《流散》280	殷	皿🜚（2字）	
車犬爵	《流散》281	殷	車犬（2字）	
黿父乙爵	《流散》283	殷	黿父乙（3字）	黿原作黿
何父丁爵	《流散》288	殷	何父丁（3字）	
左父辛爵	《流散》293	殷	左父辛（3字）	
女嬋祖丁角	《流散》297	殷	母嬋且丁（4字）	母原作女，誤
庚冊父庚角	《流散》301	殷	庚冊父庚（4字）	
🜚宁🜚爵	《流散》305	殷	🜚宁🜚父□（3字）	著者謂此器與下一器未著錄，殆誤。疑即《近出》907、908。
🜚宁🜚爵	《流散》306	殷	🜚宁🜚父□（3字）	

器名及數量	出　　　處	時　代	釋文及字數	備　　註
鄉祖壬爵	《流散》308	殷	卿乍且壬彝（5字）	鄉宜作卿
婦𤔲角	《流散》309	殷	婦𤔲文姑𨤯彝（6字）	
𥄕斝	《流散》312	殷	𥄕（1字）	
祖丁斝	《流散》313	殷	且丁（2字）	
𠂤旅斝	《流散》314	殷	𠂤旅（2字）	
戈方彝	《流散》319	殷	戈（1字）	
鼎方彝	《流散》320	殷	鼎（1字）	
𠂤方彝	《流散》321	殷	𠂤（1字）	
亞疑方彝	《流散》322	殷	亞矣（2字）	矣古疑字
亢壺	《流散》326	殷	亢（1字）	
簏光壺	《流散》327	殷	筍光（2字）	筍古簏字
萬戈	《流散》342	殷	萬（1字）	
屰戈	《流散》343	殷	屰（1字）	
冊戈	《流散》344	殷	冊（1字）	
眉戈	《流散》345	殷	眉（1字）	
倗舟戈	《流散》347	殷	倗舟（2字）	
盃鋮	《流散》349	殷	盃（1字）	

附錄，本表所采文獻目錄及簡稱：

1. 中國社會科學院考古研究所《殷周金文**集成**》，中華書局，1984～1994 年第 1 版。

2. 劉雨、盧巖《**近出**殷周金文集錄》，中華書局，2002 年 9 月第 1 版。

3. 劉雨、汪濤《**流散**歐美殷周有銘青銅器集錄》（*A Selection of Early Chinese Bronzes from Sotheby's and Christies's Sales*），上海辭書出版社，2007 年 10 月第 1 版。

4. 劉雨，嚴志斌《**近出**殷周金文集錄**二編**》，中華書局，2010 年 2 月第 1 版。